Die Letzten der Liebe

Teil III der *Nachricht von der Erde* - Trilogie

Eine Erzählung von Christina Corente

Bibliografische Information der Deutschen National-bibliothek: Die Deutsche Nationalbibliothek ver-zeichnet diese Publikation in der Deutschen Natio-nalbibliografie; detaillierte bibliografische Daten sind im Internet über dnb.dnb.de abrufbar.

Die Textpassagen bezüglich der *Metamorphosen des Ovid* sind von mir aus dem gleichnamigen Au-dio-Book, gelesen von Peter Simonischek, aufge-zeichnet und hier nach bestem Wissen und Gewissen wiedergegeben worden.

Umschlagskizzen: Christina Corente

Verlag: BoD • Books on Demand GmbH, In de Tarpen 42, 22848 Norderstedt
Druck: Libri Plureos GmbH, Friedensallee 273, 22763 Hamburg
ISBN: 978-3-7597-3413-6

Was bleibt, bist du

Vorgeschichte und Anschluss

Die Nachricht traf die Besiedler des weit entfernten Planeten Daddy unvorbereitet: Auf der Erde wurden die sogenannten *Klon-Transporte* gestoppt, dank derer General S.T. Shepard seiner milliardenschweren Klientel immerwährende Jugend garantieren konnte.

Alles ewig her. Seitdem hat der Planet Daddy eine Revolution, mordende Pflanzen und die paramagnetischen Hologramm-Erscheinungen längst Verstorbener erlebt, sowie die Trennung zweier Liebender, nämlich die des Generals-Sohns James Spencer Shepard, genannt Jim, und einer schönen Amazone namens Island mit sehr seltsamen Augen, welche mit ihrer Mutter, Leslie Fiona Jenkins, zur Erde aufgebrochen ist.

Sie wird zum Planeten Daddy zurückkehren, jedoch nicht allein. Sehr große, sehr schöne und sehr unheimliche Frauen kommen mit ihr, welche inzwischen die Erde beherrschen, was ihnen jedoch nicht reicht. Denn sie wollen die ganze Welt für ihre geborenen Ebenbilder, für die sie keinen Mann mehr brauchen.

Dieses Mal sind die Klone echt.

Das Who is Who auf dem Planeten Daddy

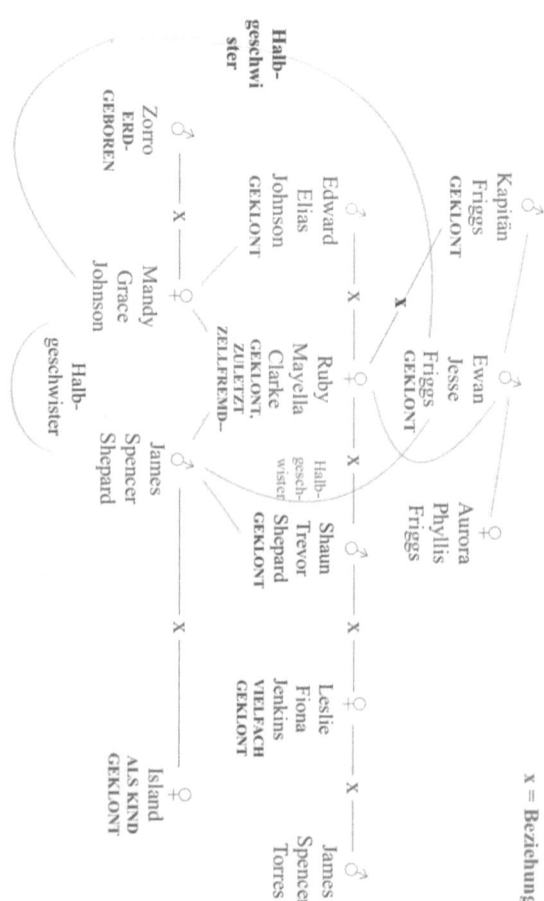

Halb-geschwister

Kapitän
Friggs
GEKLONT

Ewan
Jesse
Friggs
GEKLONT

Aurora
Phyllis
Friggs

Zorro
ERD-GEBOREN

Edward
Elias
Johnson
GEKLONT

Ruby
Mayella
Clarke
GEKLONT,
ZULETZT
ZELLFREUND-

Mandy
Grace
Johnson

Halb-geschwister

Shaun
Trevor
Shepard
GEKLONT

Halb-geschwister

James
Spencer
Shepard

Leslie
Fiona
Jenkins
VIELFACH
GEKLONT

James
Spencer
Torres

Island
ALS KIND
GEKLONT

x = Beziehung

2

Weitere Personen

Anführerin der echten Klone von der Erde und ihre Leibwächterinnen

Die Generalin der Streitmacht der echten Klone von der Erde

Sechs rangniedere echte Klone

stärker verformter Wissenschaftler, Klon-Forscher auf Daddy

weniger stark verformter Wissenschaftler, ebenfalls Klon-Forscher auf Daddy

Alison Ivy Pabst (geb. Maddock), Klon-Forscherin auf der Erde, Ehefrau von Gerald Donovan Pabst.

Dr. Albert Nathan Weis, ebenso leidenschaftlicher Arzt wie Kettenraucher

Arnold W. Pabst, Leiter des Planetariums, und Joce-lyn Ivy Pabst, Leiterin des Klon-Instituts auf dem Planeten Daddy, Nachfahren der Klon-Forscherin Alison Ivy Pabst (s.o.)

Jonathan Armstrong Wardley, lange toter Gehirn-chirurg (mit den Besiedlern zum Planeten Daddy ausgewandert)

Zum Aufstieg des Generals-Sohns Jim

James Spencer oder kurz Jim Shepard, seit zwei Dutzend Erdenjahren *Quasi-Regent* des Planeten Daddy, entstieg den Fluten seines unter Tage gelegenen, künstlichen Privatmeeres. Während er sich langsam und sehr gründlich abtrocknete, schickte er einen langen Blick zurück über die sachte schwappenden Wellen.

Wieder einmal musste er dabei an seinen Vater denken, den alten General S.T. Shepard, der erst kürzlich für immer in diesen Fluten verschwunden war. Der körperlich rüstige 115-Jährige (rechnete man die Klone mit, in die er transferiert worden war, kamen sogar 180 Lebensjahre zusammen) hatte möglicherweise einfach vergessen, sein tägliches Bad zu beenden.

Sein Sohn, der das Kunstmeer schon vor Jahren aufwendig hatte instandsetzen lassen, übernahm das regelmäßige Baden darin als nur eine von dessen Gewohnheiten und ließ aus Respekt nicht nach seines Vaters Leichnam suchen. Er war auf die täglichen Schwimmeinlagen mittlerweile ebenso versessen wie sein alter Herr und konnte sich folglich kaum einen schöneren Ort für die letzte Ruhe vorstellen.

Darüber hinaus lebte es sich gut mit der Illusion, S.T. Shepard könne unverhofft wieder auftauchen und seine markante Stimme erklingen lassen, mit der er über lange Zeit so viel Zuversicht verströmt hatte, erst recht, seit er dement geworden war.

Aber so richtig vermissen tat Jim seinen Vater nicht, weil ihm als Junior die derzeitige Lage, so wie sie war, durchaus behagte. Selbst wenn er an seine große Liebe Island dachte, welche ihn und den Planeten Daddy viele Jahre zuvor in Richtung Erde verlassen hatte.

Als Jim den Kopf wandte und in Richtung des frisch restaurierten Strandhauses schaute, wurde er aus seinen Überlegungen gerissen. Jemand schien dort auf ihn zu warten.

¤ ¤ ¤ ¤ ¤

Weder die Besiedlung des Planeten Daddy noch Jim's Aufstieg wären ohne das Phänomen des Paramagnetismus auch nur ansatzweise vorstellbar gewesen. Paramagnetische Kräfte bewährten sich seit langem, nicht nur bei ungeheuer schnellen Reisen durch das All, sondern sogar oder möglicherweise sogar noch mehr bei der Lösung von Alltags-Problemen.

Das Prinzip gegenseitiger Anziehung zweier identischer Teilchenlösungen unabhängig vom Volumen oder der Entfernung zwischen ihnen funktionierte ungeheuer zuverlässig und bot zudem Raum für unendlich viele Spielarten.

So hatte etwa Jim's Halbbruder Ewan Jesse Friggs einen Narren an paramagnetisch gesteuerten Kameras gefressen, die er in bald jedem Winkel des Planeten anbringen ließ. Bei diesen Geräten wurden die Teilchen innerhalb der Lösungen gegensätzlich aufgeladen, was ein stabiles Magnetfeld erzeugte. Dieses gestattete, - von Licht aussendenden Photonen und Meldesystemen begleitet - , eine so preiswerte wie lückenlose Überwachung im Sichtfeld beliebig vieler Geräte. Der junge Shepard behielt die Technik nach dem Machtwechsel bei, freilich ohne sie jemals so umfassend zu nutzen wie Friggs, dazu war ihm die Sache zu egal.

Obwohl die Halbbrüder nicht unterschiedlicher hätten sein können, - Friggs war ein notorischer Geheimniskrämer und völlig skrupellos, Jim nicht einmal besonders ehrgeizig, dafür unerfahren, chronisch unglücklich und wie er sich eingestand, vor allem als junger Mann launisch und impulsiv - , wusste er paramagnetische Kräfte gleichfalls für seine Zwecke einzusetzen.

Von diesen erzeugt wurden nämlich übernatürlich erscheinende Phänomene, welche Jim *die Unanwesenden* nannte (wie er darauf gekommen war, fiel ihm nicht mehr ein) und welche sich manchen Menschen zeigten, um mit ihnen gleichsam zu kommunizieren, was eigentlich bloß der Einbildungskraft der Lebenden geschuldet sein konnte.

Zur knappen Erläuterung möge an dieser Stelle reichen, dass es sich um die Hologramme toter Menschen handelte, bei denen sich deren (durch paramagnetische Kräfte) stark aufgeladenen, molekularen Bestandteile jäh und umgehend in ihren so vollständigen wie erkennbaren Abbildern entluden, die sich scheinbar bewegen konnten. Das geschah bisweilen spontan und konnte später, nachdem man hinter den Mechanismus gekommen war, auch künstlich erzeugt und gezielt eingesetzt werden.

Jim Shepard fühlte sich von *Unanwesenden*, darunter zumeist mit ihm verwandten Frauen, nicht bloß häufig aufgesucht, sondern darüber hinaus unterstützt und wertgeschätzt. Bei seinem Halbbruder Ewan Jesse Friggs, den er als labil und emotional anfällig empfand, gestaltete sich das ganz anders. Dem setzte das Hologramm ihrer gemeinsamen Mutter in einer Weise zu, dass es Friggs übereilt seinen Sessel in der winzigen Schaltzentrale räumen und bis auf weiteres (also bislang seit über zwanzig Jahren) in einer psychiatrischen Klinik verschwinden ließ. Weitere Konkurrenten wurden von Jim nach und nach in ähnlicher Weise ausgeschaltet.

Mochte Jim Shepard seinen Aufstieg maßgeblich den *Unanwesenden* verdanken, so blieb sein Verhältnis zu Frauen trotzdem unverbindlich. Da ihn seine geliebte Island verlassen hatte, beschränkte er sich auf unkomplizierte Lebensabschnittspartnerschaften mit deutlich Jüngeren.

Es war nicht damit zu rechnen, dass ihm der Nachschub diesbezüglich in absehbarer Zeit ausgehen würde. Jim war beliebt, wurde heftig umworben und nicht zuletzt deshalb und seiner maßvollen und den Menschen zugewandten Führungsqualitäten wegen billigte man seine Art allenthalben. Er war eben ein Frauentyp, so hieß das wohl nicht nur zu seiner Zeit.

Der Machthaber des Planeten Daddy verspürte eine beinahe demütige, ganz sicher aber satte Zufriedenheit in Bezug auf die Welt, deren Geschicke er seit nunmehr über zwanzig Jahren lenkte wie auch seinem persönlichen Schicksal gegenüber und sah keinerlei Anlass, etwas zu ändern oder gar zu fürchten.

In großer Ruhe bewegte sich der drahtig und jugendlich wirkende Mittfünfziger auf das Strandhaus zu und auf die Gestalt, die dort geduldig seiner harrte.

Island kehrt zurück

Ohne jede Hast, aber sehr genau schaute sich Shepard den Funkspruch an, den die Frau ihm übermittelte. Botschaften von der Erde waren absolut nichts Ungewöhnliches mehr, taugten jedoch manchmal zur Überraschung, wie spätestens seit der legendären Nachricht für seinen Vater bekannt sein durfte, in der dieser eine endgültige Absage für die lange praktizierten *Klon-Transporte* hatte hinnehmen müssen.

Derart aufwühlend klangen die Sätze diesmal nicht, doch für Jim waren sie aufregend genug. Island kündigte ihre Rückkehr an, er zog darüber kurz und scharf die Luft ein. Dann fing er sich sofort und zuckte unwillkürlich die Achseln. Ach ja, na und? Als Frau in ihren Fünfzigern passte sie sicher nicht mehr in sein Beuteschema und dass seine Zuneigung nicht von Dauer sein konnte, zeigte sich zur Genüge.

Jim musterte kurz seine Mitarbeiterin, die mit regungslosem Gesicht abwartend vor ihm stehen geblieben war. „Vielen Dank. Ich denke, ich brauche Sie nicht mehr", sagte er betont freundlich, was sie ebenso freundlich nicken ließ, nicht aber dazu brachte, sich vom Fleck zu rühren. „Sie informieren mich bitte umgehend, falls es etwas Wichtiges geben sollte", setzte er deshalb hinzu und nun zog sie endlich Leine.

Er vertiefte sich erneut in Island's Botschaft. Sie teilte ihm darin des weiteren mit, sie reise nicht alleine, sondern befände sich *in Begleitung der derzeit einflussreichsten Personen der Erde.* Du liebe Zeit, eine Nummer kleiner ging es wohl nicht, dachte Jim, nahm das aber als eine Art Achtungserklärung hin, über die er sich insgeheim sogar freute. Immerhin schien sie noch zu wissen, was sich gehörte.

¤ ¤ ¤ ¤ ¤

Hatte sie sich mit ihrer Äußerung lediglich wichtig machen wollen oder wurde Island vielleicht als trojanisches Pferd von Erdbewohnern benutzt, die etwas vorhatten und die wussten, wie wichtig sie für ihn einmal gewesen war? Jim sann eine Zeitlang intensiv darüber nach, weil ihm die Sache nicht aus dem Kopf gehen wollte. Ach was für ein Blödsinn, dachte er schließlich. Jeder Tourist konnte ein Spion sein und damit konnte jeder auf Daddy Schaden anrichten, wenn er es partout darauf anlegte. Dazu brauchte doch niemand eine verflossene Geliebte vorzuschicken.

Andererseits wurde jede Person bei ihrer Ankunft auf Daddy akribisch durchleuchtet. Die Touristen kannten es von Beginn an nicht anders.

Doch könnte ein offizieller Gast das nicht als Zumutung empfinden und zurückweisen? Jim wendete bedächtig den Kopf hin und her. Was für Verhältnisse auf der Erde herrschten und wer dort inzwischen aus welchen Gründen Einfluss ausübte - darüber ließ sich bestenfalls spekulieren und die Überwachung der Touristen ergab erfahrungsgemäß wenig zu diesem Thema.

Shepard war zwar auf der Erde aufgewachsen, hatte aber keinerlei Erinnerung daran und lebte mit der Diagnose einer *dauerhaften Amnesie*. Sein Gedächtnis setzte erst ab jenem Zeitpunkt ein, als er mit Mitte Zwanzig auf den Planeten Daddy beordert worden war, um dort seltsame Todesfälle unter den Gesundheitstouristen aufzuklären, was ihm damals furios und unter Einsatz seines Lebens gelungen war.

Waren die Zustände auf der Erde so unwirtlich, dass es für ihn verträglicher gewesen war, alle Eindrücke diesbezüglich zu verdrängen? Oder war seine Erinnerung etwa vorsätzlich gelöscht worden? Jim hatte sich stets geweigert, derlei in Betracht zu ziehen beziehungsweise es schlicht als Unsinn abgetan. Bis er vor einiger Zeit einem Gesundheitstouristen von der Erde an ungewöhnlicher Stelle über den Weg gelaufen und dieser ihm durch sein noch ungewöhnlicheres Verhalten aufgefallen war.

An Daddy's Oberfläche gab es seit geraumer Zeit und in einiger Entfernung zu der prächtigen Schlossanlage für die Gesundheitstouristen von der Erde ein großzügig angelegtes Krankenhaus für den Rest der gebrechlichen und zu früh vergreisten Revolutionäre, welche Friggs' Todeskommando entkommen waren.

Eine abschreckende Wirkung auf etwaige Besucher erhoffte man sich von den rundum gelegenen, gigantischen Titanfeldern, welche gähnend eintönig wirken konnten, aber genial konstruiert waren, weil sie die regelmäßig einschlagenden Blitze zur Erzeugung gewaltiger Mengen Strom nutzten. Doch trotz dieser mal stinkend langweilig, mal sehr gefährlich anmutenden Umgebung hatte sich die Anlage zunehmend mit Daddy's alt gewordenen Besiedlern (ehemals klonenden Milliardären) gefüllt. Und diese befanden sich denjenigen ihrer echten Kinder gegenüber, welche sich einst gegen sie aufgelehnt hatten und an die

Oberfläche verbannt worden waren, inzwischen sogar in der Überzahl.

In einer Gesellschaft, die zwar nicht mehr ihre Gehirne in nachgewachsene Klone transferieren ließ, der Ideologie dahinter und der Jugend im Allgemeinen jedoch weiterhin huldigte, existierte keine Tradition der Altenpflege und so sorgten an diesem seltsamen Ort Versehrte aller Couleur füreinander, so gut es eben ging.

Den Gesundheitstouristen wurde der Platz normalerweise bewusst vorenthalten, um sie nicht durch den Anblick gebrechlicher und alter Menschen zu beunruhigen. In ihrem Schloss waren sie von lauter schönen, gesunden und scheinbar frohen Gemütern umgeben. Das hielten sie – und niemand fühlte sich berufen, diesen Eindruck zu korrigieren - für die natürliche Folge der übermäßigen Strahlung, welche, in Maßen genossen, Krankheitserregern den Garaus machte und weswegen der Gesundheitstourismus ja ursprünglich von Jim's Vater, General S.T. Shepard, ins Leben gerufen worden war.

Sein Sohn hatte nicht schlecht gestaunt, als er hier bei einem Routinebesuch einem Touristen begegnet war und zwar nicht irgendeinem. Diesem Erdbewohner sagte man tatsächlich einigen Einfluss auf der Erde nach.

Befremdlicher weise zeigte sich der Mann total verstört und hatte sogar versucht, sich vor Jim Shepard zu verstecken. Später im Gespräch gab er zwar an, von seinen Leiden geheilt zu sein, schien aber nicht willens, in absehbarer Zeit zur Erde zurückzukehren.

Er raunte Jim mit völlig verrücktem Zeug voll. Als Mann sei niemand auf der Erde mehr seines Lebens sicher, behauptete er. Es herrschten dort entsetzliche Zustände, denen er ein noch so kärgliches Dasein an diesem Ort hier vorzöge. Auf die Frage nach seiner Frau, die mit ihm zum Planeten Daddy gereist war, winkte er bloß ab. Auf das Weib könne er getrost verzichten. Diese elende Opportunistin habe ihn bereits seit geraumer Zeit abgeschrieben und könne es kaum erwarten, auf die Erde zurückkehren. Im Gegensatz zu ihm drohe ihr dort kein Ungemach. Sie könne über sein Erbe nach Belieben verfügen und alle Freiheiten genießen, ganz gleich ob er *ausgeschaltet* werde oder einfach von der Bildfläche verschwände. Nein, um seine Frau müsse man sich keine Sorge machen, was sich von ihm leider nicht sagen ließe.

Der Mann wirkte mutlos und angstzerfressen, dann wieder bäumte er sich auf, geschüttelt von Panikattacken. Jim hatte erhebliche Mühe gehabt, ihn zu beruhigen und sich ernsthaft gefragt, ob der arme Mensch den Verstand verloren habe.

Etwas später kam Shepard mit einigen Medizinern und dem Tourismus-Fachpersonal überein, diesen Herrn isoliert unterzubringen und ihn gründlich und regelmäßig zu untersuchen. Die größte Befürchtung aller ging in die Richtung, dass der Mann mit einem unbekannten, strahlenresistenten Erreger infiziert sein könnte, der Depressionen und Halluzinationen hervorrufe und den man hier im Sinne des Gesundheitstourismus gar nicht brauchen konnte, weshalb der Mann nun schon seit geraumer Zeit abgeschottet lebte, während seine Frau zur Erde zurückgereist war.

Jim, der wie sein Vater mit Fortschreiten seiner Regentschaft immer weniger Lust zeigte, sich um die alltäglichen Belange der Menschen auf Daddy zu kümmern, hatte noch eine Weile Interesse an dem Fall geheuchelt und dann beschlossen, sie seinen Fachleuten zu überlassen und nicht weiter zu verfolgen.

Kurz war ihm aufgefallen, dass die Frauen unter den Touristen inzwischen deutlich überwogen, aber dem wollte er nicht unnötigerweise Bedeutung beimessen. Wozu gab es eine Menge Leute, die dafür bezahlt wurden, damit ihnen so etwas auffiel und sie sich dann um eine Lösung bemühten? Sofern es überhaupt ein Problem gab.

Er ging lieber schwimmen.

Warum macht sie das?

Das kapiere ich nicht. Warum macht eine Frau so etwas? Ich frage mich das, seit ich Island und ihre sonderbare Begleitung höchstpersönlich von dem eben gelandeten Raumschiff abgeholt habe. Es ist mir ein Rätsel, wie sie sich so verhalten kann, weil wir uns doch einmal so nahe standen, sie und ich. Und so wenig ich mir meine Kindheit und Jugend auf der Erde ins Gedächtnis zurück rufen kann, so sehr misslingt es mir, die Zeit mit Island endlich zu vergessen.

Obwohl es fast ein Vierteljahrhundert her ist, steht jede Szene von damals so gestochen scharf vor meinem inneren Auge, als sei sie eben erst geschehen. Island's schimmernde Haut neben mir auf dem nackten Fels. Ihre seltsam schönen Augen, von denen mich eines besonders gefangen nimmt und ich nie zu sagen weiß, ist es das rechte oder das linke? Ich sehe Island vor mir, jungenhaft schlank, im enganliegenden Catsuit auf dem Caféhausdach, wo sie ungerührt und vor aller Augen eine riesige Libelle zur Strecke bringt. Ich kann ihre vollkommenen Lippen nah an meinem Mund spüren, die leise *Aber dich, dich liebe ich, Jim* sagen, bevor sie mit ihrer Mutter in das

Raumschiff steigt. Ich erinnere mich daran, als sei es keinen Tag her.

Und jetzt das. Dass sie mich optisch nicht mehr vom Hocker reißt, war vorauszusehen. Aber wie konnte ihre Wahl auf *diese* Begleitung fallen? Fünf wundervoll gebaute Damen, eine schöner als die andere. Alle unglaublich groß mit ewig langen Beinen und jede mit einer anderen herrlichen Haarfarbe und einem noch schöneren Hautton. Nur etwas sehr groß für meine Begriffe sind sie alle miteinander. Jede überragt mich um Haupteslänge und ich bin nicht klein.

Und Island? Meine geliebte Island, von der ich einmal so fasziniert gewesen bin. Mit ihrer zarten Gestalt wirkt sie wie ein früh gealtertes Kind dieser Frauen. Und sieht keinen Tag jünger aus als die 55 Jahre, die sie mittlerweile alt sein muss, wie ich ausgerechnet habe. Irgendetwas hat sie außerdem mit ihren Augen anstellen lassen. Sie sehen völlig normal aus. Aber der Effekt, der mich einst so bezaubert hat, ist dahin.

Ich bin ein Mann. Sie beobachtet mich zweifellos, wie ich meine Blicke nicht von ihren traumhaft schönen Begleiterinnen wenden kann. Vier von ihnen haben so eine Art Uniform an, was sie noch aufregender aussehen lässt. Die fünfte ist ganz in zivil, schlicht und edel gekleidet, überstrahlt die anderen aber dennoch durch ihre sanfte, aber nachdrückliche Autorität.

Sie ist die Anführerin, das merkt man gleich und so konzentriere ich mich auf sie, mache ihr unaufdringlich den Hof, was sie überaus charmant, aber spürbar distanziert beantwortet.

Und Island? Bleibt die ganze Zeit über im Hintergrund. Sagt so gut wie nichts, zeitweilig habe ich sie schon fast vergessen. Es schneidet mir ins Herz, wie leicht man seine große Liebe abschreibt. Ist denn im Leben alles nur Illusion? Alles möglicherweise nicht, aber wohl das meiste. Ein paar Mal treffen sich unsere Blicke. Aber wir schauen uns an wie Fremde.

Hat sie es darauf angelegt, mich vorzuführen? Gleichsam als einen von Schönheit leicht zu verführenden Dummschädel? Mein Charme verfängt bei den hoch gewachsenen Erdschönheiten letztlich nicht, was deutlich zu fühlen ist und mich irritiert. Dazu geht mir das Spiel mit der Verführung zu leicht von der Hand. Sonst jedenfalls.

Hier stimmt ganz klar etwas nicht. Alle Damen sind außerordentlich freundlich. Sie flirten – aber flirten sie mit mir? Meine Gegenwart erscheint zuweilen wie überflüssig. Zwar laufen unsichtbare Bänder durch den Raum, - wir sitzen in eben jenem Café, über dessen durchsichtiger Kuppel mir Island einst erstmals aufgefallen ist - , doch laufen die Bänder an mir vorbei hin zu *meinen* Begleiterinnen und ich ärgere mich nun sehr, ausschließlich in Damenbegleitung gekommen zu sein. So habe ich natürlich entschieden, weil ich den ach so wichtigen Besuch von der Erde für männlich hielt und ihn mit Hilfe der Schönheiten an meiner Seite beeindrucken wollte.

Das ist ja schön nach hinten losgegangen. Vielen Dank, meine liebe Island! Denn ich registriere bei meinen eigenen Damen etwas, das mir nicht im geringsten gefällt. Es ist ein winziges, kaum zu merkendes Detail, das mich außerordentlich schmerzt. Nicht einmal sie erliegen mehr wie sonst meinem Charme, was ich dadurch wahrnehme, dass mir keine von ihnen mehr ihre volle Aufmerksamkeit schenkt.

Ihre Lider senken sich einen Tick zu rasch und manchmal bevor ich sie aus dem Blickkontakt entlasse. Köpfe drehen sich zu leicht und wie unter sanftem Zug von mir weg und hin – das wird mir klar - zu den schönen Besucherinnen. Ich kann nicht sagen, was es bedeutet, aber es sagt mir ganz und gar nicht zu. Was geht hier vor? Ich bin gewarnt.

Island. Sie wird es mir verraten. Ich werde mit ihr schlafen, noch heute. Sie wird es mir nicht versagen, das weiß ich. Und wozu ist sie sonst hier? Wenigstens sie wird Wachs in meinen Händen sein.

¤ ¤ ¤ ¤ ¤

„Bitte, wie?"- Jim Shepard schaute seinen Gast von der Erde, die schöne Anführerin der fünf hochgewachsenen Damen an, als sei er soeben aufgewacht. Und so war es ja in gewisser Weise.

„Ich sagte, ich wundere mich darüber, hier nicht mit militärischen Ehren empfangen worden zu sein!" Sie sprach sehr laut, so als habe sie es mit jemandem mit langsamer Auffassungsgabe oder sehr schlechten Ohren zu tun und ihr Ton war ihm sichtlich unangenehm.

„Hatten Sie mit so etwas gerechnet?", fragte er zurück und sah dabei stirnrunzelnd Island an. Sie schaute vollkommen regungslos, aber durchaus aufmerksam zurück.

„Halb und halb", antwortete seine Gesprächspartnerin und lachte charmant, wobei sich die Haut über ihren hohen Wangenknochen reizvoll rötete. „Männern fällt doch meistens so etwas ein. Und wer weiß, vielleicht hätte es meinen streitkräftigen Damen und mir ja gefallen."

Darüber lachten fast alle, Gäste wie Einheimische, die rund um die Tische herum saßen.

Er ließ eine ganze Zeitlang verstreichen und ganz kurz, bevor es hätte unhöflich werden können, antwortete er vage „Ja, wer weiß, mir vielleicht auch", lächelte dazu und zeigte dabei blitzweiße Zahnreihen. Wer seinen Vater noch kannte, mochte darüber nachsinnen, wie ähnlich Jim ihm sah. Auch wenn dem alten S.T. Shepard Militärparaden weit eher zugesagt hätten als seinem Sohn.

Mit seinem Einwurf hatte Jim ein paar schmale Lacher auf seiner Seite. Island jedoch verzog keine Miene. Er schien sich zu fragen, ob sie überhaupt bei der Sache war und machte eine kurze, ärgerliche Geste in ihre Richtung. In sein unwilliges Räuspern hinein fragte die Anführerin: „Und weshalb sind hier außer Ihnen alle weiblich, Mr Shepard? Sind Sie eine Art Pascha?" Sie schaute ihn abwartend an und ließ völlig offen, ob und wie ernst ihre Frage gemeint war.

Er ging ihr auf den Leim und ließ sich davon provozieren. „Und Sie?", schnappte er zurück. „Sie haben eine ganze Menge gegen Männer, oder?" - „Ach, ich dachte, das sei Ihnen bekannt!" - „Woher sollte mir denn bitte derartiges über Sie bekannt sein?" - „Nun, die ganze Welt weiß es inzwischen und wenn es Leute noch nicht wissen sollten, dann werden sie es sehr bald erfahren!" - „Sagen Sie mal, wovon reden Sie eigentlich?"

„Wovon ich rede?" Sie musste hörbar Luft holen. Die Atmosphäre wirkte mittlerweile recht angespannt. Es herrschte Stille und niemand rührte etwas von dem Gebäck oder den Heißgetränken an, die einladend vor allen auf den Tischen standen. In einiger Entfernung machten die Bediensteten einander lautlos hektisch Zeichen. Auch sie merkten, dass es nicht gut lief.

„Ich dachte wirklich, Sie wüssten Bescheid", sagte die Anführerin endlich langsam. „Wo Sie doch hier alle so lange...", - ihre schlanken Hände schrieben Gänsefüßchen in die Luft. - „... „geklont" haben!" Er antwortete nicht, sondern zog nur fragend die Augenbrauen in die Höhe, wie *Na und?* Sie sagte ebenfalls nichts und breitete nur die Hände mit den Flächen nach oben aus, was wohl *was lässt sich da machen?* bedeuten sollte. Keiner schien aus dem anderen schlau zu werden.

„Nun, wir sind doch das, was man gemeinhin Klone nennen könnte!", sagte sie schließlich sehr bedächtig.

„Ach, dann haben Sie es endlich geschafft, einen fähigen Chirurgen wie unseren Jonathan Armstrong Wardley zu finden, der die Leute gescheit

ausbildet?", fiel er ihr ins Wort und beugte den Ober-
körper vor.

„Dieser Name sagt mir nichts und Sie meinen wohl
Chirurgin", korrigierte sie ihn umgehend. „Und nein,
daran liegt es nicht, wir haben äußerst fähige Chirur-
ginnen. Aber wozu sollten wir die dazu brauchen?
Wir sind echt, verstehen Sie das?" Sie redete mit ihm,
als sei er taub. „Wir sind echte Klone!"

Keine zusammen-operierten Möchtegerne. Das sagte
sie zwar nicht laut, aber es stand im Raum wie mit
riesigen Lettern an die Wand geschrieben.

¤ ¤ ¤ ¤ ¤

Er vermochte nicht zu fassen, was er da hörte. „Sie
sind ...", stammelte er und kam sich dabei vor wie
ein Idiot. „Also Sie lassen Ihre Gehirne nicht in nachgewachsene Klone ... "

Jim Shepard versuchte zu rekapitulieren, was in seiner Welt unter *Klonen* zu verstehen war. Er und vor
allem die Bewohner des Planeten Daddy, die es über
hundert Jahre lang praktiziert hatten, verstanden
darunter, genetische Kopien ihrer selbst anfertigen
und sich diese von der Erde aus schicken zu lassen.
Um dann mittels Chirurgie ihr eigenes Gehirn in
solch eine junge Kopie zu transferieren. So hatten
die Milliardäre und ersten Besiedler des Planeten

Daddy über viele Jahrzehnte ihre Jugend in die Länge gezogen und sich bis in alle Ewigkeit erhalten wollen.

Das erheiterte die Tischrunde über die Maßen. Jim Shepard dagegen wurde sehr ungehalten und sehr rot im Gesicht. Er schickte einen wilden Blick in die Runde, der jedoch niemanden einschüchterte, im Gegenteil. Dann endlich verebbte das Gelächter allmählich, eine Zeitlang von Glucksen und Japsen begleitet. Am meisten ärgerte Jim an dem Ganzen, dass er ja selbst kaum fassen konnte, was da seinerzeit abgelaufen war. Waren Daddy's Bewohner, und allen voran sein Vater, noch recht bei Trost gewesen? Allein die Idee klang schon reichlich abgedreht.

„Gut, echte Klone also", sagte er schließlich um Zeit zu gewinnen. Ein nervöser Seitenblick auf sein Modul sagte ihm, dass sich darauf die Nachrichten häuften. Deshalb die vielen, dezenten Klingeltöne in seinen Ohr-Chips. Jim war es nicht mehr gewöhnt, dass man es wagte, so viel von ihm zu wollen und es war seit Jahren nicht vorgekommen. „Einer nach dem anderen", hatte er früher grundgelassen gepredigt und bald hielten sich alle daran. Das war jetzt scheinbar nicht mehr möglich und die ganze Klingelei kein Zeichen seines überlasteten Kreislaufs, sondern eins für Gefahr im Verzug.

Er spähte abermals auf sein Modul. Etwas von Raumschiffen konnte er ausmachen, die überall seien und den Planeten Daddy quasi eingekesselt hätten. Ihm wurde auf einmal ziemlich kalt, sein Magen begann wie früher wild zu revoltieren. Als er seine Stirn befühlte, triefte diese vor Schweiß.

„Es ist ganz einfach", nahm die Anführerin betont langsam den Faden wieder auf. „Niemand von uns hängt dieser mit Verlaub gesagt idiotischen Idee an, Klone von uns zu züchten, um uns dann ihrer jungen Körper zu bemächtigen. Um auf diese Weise womöglich länger jung bleiben zu können und zu versuchen, ewig zu leben oder so etwas.

Unseren Klonen nehmen wir nicht das Leben, sondern wir schenken es ihnen! So leben wir sicherlich auf gewisse Art ewig – und zwar in unserem reproduzierten *Ich*, unseren Kindern, die nahezu identisch mit uns Müttern sind! Und wer glaubt, wir seien nicht in der Lage uns anzupassen, weil sich unsere Gene nicht vermischen oder ähnlich altertümlichen Schwachsinn, dem versichere ich, wir mutieren in einem fort. Und dank der Technik fördern wir dies und optimieren uns in jeder Generation. Können Sie sich das vorstellen? Alleine dieses Umstandes wegen hat niemand von uns vor, ewig zu leben. Jedenfalls nicht *persönlich*", sagte sie und lächelte milde.

„Und es soll nicht vergessen werden," fügte sie hinzu, „wie wahrhaft großartig wir uns aus eigener Kraft mehren! Ich habe zum Beispiel schon zwölf Töchter, ist das nicht wundervoll? Wir sagen übrigens Parthenogenese dazu, das ist doch so viel schöner als dieser von Ihnen so negativ besetzte Begriff des *Klonens*."

Sie strahlte vor Glück und sah durch die Erregung, von der sie bei ihrer Schilderung ergriffen worden war, gleich noch viel ansprechender aus. Absolut unwiderstehlich eigentlich und es schien ihr sonnenklar zu sein.

Die Situation war absolut surreal. Jim Shepard sah von einer Sekunde auf die andere seine gesamte Welt, die bis vor ein paar Stunden sicher und heil gewirkt hatte, nicht nur dem Untergang geweiht, sondern diesem in ungeheurer Geschwindigkeit geradezu entgegenschleudern.

Und doch erfasste ihn zugleich eine seltsame Faszination für diese fast liebenswürdigen Invasorinnen. Er beugte sich nach vorne, um sich unter fortlaufendem Geräusper das Bild auf dem Modul der Anführerin anzusehen, das sie ihm mit leuchtenden Augen hinhielt. Genau genommen war ausschließlich sie darauf zu sehen und zwar in zigfacher Ausführung. Vom Baby auf dem Schoß eines *Kinderklons* bis zum

erblühenden Teenager mit hüftlangem Haar, der –
Pardon, *die* ihrer Mutter den Arm um die Hüfte ge-
legt hatte. „Männer kommen in Ihrem Leben anscheinend nicht mehr vor", würgte Jim schließlich
kaum hörbar hervor.

„Nein, wozu auch?", antwortete sie und klappte das
Modul direkt vor seiner Nase zu. Zum ersten Mal
sah sie ihn nicht direkt an, als sie es wegsteckte und
hinterher schob, „Sie können sich schon denken, dass
Männer nicht mehr gebraucht werden, oder? Es tut
mir Leid, Ihnen das sagen zu müssen, Mr Shepard,
denn Sie sind ein freundlicherer Mensch als ich
dachte. Aber Ihre Zeit ist definitiv vorbei. Oder gekommen, je nachdem wie Sie es sehen wollen. Wissen Sie - Sie hatten doch wahrlich genug Zeit, um
sich vor den Augen der gesamten Menschheit zu be-
währen und was ist passiert? Ihr Männer habt doch
permanent ungeheures Leid über alle Menschen gebracht! Und das lässt sich die Evolution nicht gefallen, in deren Namen wir handeln - handeln müssen!
Womit wir allen Frauen in allen Welten dadurch
endlich Gerechtigkeit widerfahren lassen werden,
dazu sind wir gekommen. Was nicht heißen soll,
dass wir Männer als Teil unserer eigenen Vergangen-
heit nicht ehren, in gewisser Weise jedenfalls." Sie

schaute ihn jetzt direkt an und dieses Mal beinahe mitfühlend.

„Parthenogenese, Parthenogenese", murmelte er in die nun folgende Stille am Tisch hinein. Etwas sagte ihm, dass er Zeit gewinnen musste. Das Gespräch am Laufen halten, den Kontakt weiterhin freundlich und friedlich gestalten. „Hmm, woher kenne ich denn bloß das Wort?", fragte er gewollt ratlos in die Runde. „Ich war so fürchterlich schlecht in Biologie, aber es ist etwas Biologisches, nicht wahr?"

„Es ist nicht nur biologisch, sondern es gibt nichts Natürlicheres als das!", ergriff eine der Soldatinnen (oder was sie sein mochten) das Wort mit einem aggressiven Unterton. „Es hat in der Natur immer und überall beides existiert, die geschlechtliche Fortpflanzung ... ", hier machte sie eine kurze Pause und verzog das Gesicht, als wirke sie von der bloßen Erwähnung angewidert, um dann fortzufahren - und dabei hellte sich ihre Miene sichtlich auf - , „ ... und daneben die reinste, die einzige und schönste Form überhaupt, sich zu mehren - unsere wundersame und wunderbarerweise natürlich durch Mutation entstandene Parthenogenese! Die aus uns die *reinen und liebenden Mütter* macht, die wir sind", fügte sie plötzlich außerordentlich sanft hinzu, was um so bedrohlicher wirkte.

Jim stockte. Plötzlich entsann er sich. Er hätte nicht wiedergeben können, wie sein Schulunterricht auf der Erde abgelaufen war. Etwa ob ein Lehrer oder eine Lehrerin ihm etwas erklärt hatte oder wer damals in der Schule neben ihm saß. Aber - und vielleicht war es bloß die Todesangst, die seine Amnesie in diesem einen Punkt löste - er erinnerte sich auf einmal an Flusskrebse!

Diese Tiere waren seinerzeit im Biologie-Unterricht exemplarisch für eine Fortpflanzung herangezogen worden, für die es keine zwei Geschlechter, sondern ausschließlich Weibchen brauchte. Sie wurde *Parthenogenese* genannt und von dieser Form sich zu vermehren sprachen die davon betroffenen großen Frauen offenbar die ganze Zeit. Eine bestimmte Art unter den Flusskrebsen, so entsann sich Jim, hatte ausschließlich aus solchen weiblichen Tieren bestanden, in denen unablässig weitere weibliche Tiere herangewachsen waren.

Diese Art war deutlich größer als die anderen Flusskrebsarten gewesen und – hier gefror Jim gefühlt das Blut in den Adern – es hatte sich um eine *invasive Spezies* gehandelt, welche neue Lebensräume für sich erobert und über kurz oder lang die ortsansässigen Arten von Flusskrebsen verdrängt hatte.

In diesem Moment war Jim Shepard innerlich erledigt und so fertig mit sich und der Welt, dass er hätte aufschreien mögen und sich diesen Mutantinnen zu Füßen werfen. Um dort, zu ihren großen, perfekten Füßen, um sein Leben und das der ihm anvertrauten Menschen zu wimmern, zu flehen und zu betteln. Um das Weibliche, Sanftmütige und Mütterliche in ihnen heraus zu erflehen und zu erbetteln! Es musste doch da sein. Sprachen sie nicht von sich als von *reinen und liebenden Müttern*? Was sprach denn dagegen, das sie das waren? Und sie sahen doch gar nicht so schrecklich aus, sondern waren im Gegenteil äußerst ansehnlich! Sie lachten und sie scherzten und wussten sich ansonsten zu benehmen, also was war denn eigentlich los?

Er war versucht, seinen Gefühlen freien Lauf zu lassen, bis ihm einfiel, dass er dadurch, wenn es funktionierte und sie Erbarmen mit ihm haben würden, mitnichten *das* Leben wiederbekommen könnte, dass er bis vor wenigen Stunden zu führen geglaubt hatte. Dieses Leben war ein- für allemal futsch und vorbei - um das zu erkennen, brauchte er nur nach seinen Mitarbeiterinnen zu schielen, die samt und sonders längst die Seiten gewechselt zu haben schienen und mit offenem Mund, rosig über hauchten Wangen

und stierem Blick an den Lippen der jeweils spre-
chenden Riesin hingen.

Jim bekam eine Gänsehaut, als er zu begreifen begann, dass seine Mitarbeiterinnen höchstwahrscheinlich sehr viel länger sehr viel mehr gewusst haben
mussten als er und dass sie schon seit geraumer Zeit
nicht mehr auf seinen legendären Charme abfuhren
und deswegen um ihn buhlten, sondern dass sie
schlicht und einfach abgewartet hatten. Sie hatten
einfach darauf gewartet, dass der Wind sich drehte.
Auf das, was gerade eintrat. Und dass er sie nun
fürchten musste. Also zusätzlich zu den ganzen Fein-
dinnen, die er ohne seine Mitarbeiterinnen schon
hatte.

Wäre er doch bloß früher freundlicher mit den Damen um ihn herum umgesprungen! Je länger Jim
darüber nachdachte, desto mehr bereute er sein Verhalten und umso mehr fiel ihm ein. War es beispielsweise wirklich nötig gewesen, die außerordentliche
Schönheit zu seiner Linken abzulegen wie einen alten Handschuh, weil ihre Sanftmut ihn bald grenzen-
los langweilte? Sicherlich hatte er gemerkt, wie
enorm verletzend sein Rückzug für sie gewesen war.
Und trotzdem hatte er so unbekümmert wie unauf-
richtig über längere Zeit ihre Reize genossen, was
ihm jetzt schwer auf die Füße fiel. Und im Grunde

hatte er es doch mit allen so gehalten. Oje – und an das Thema Nachwuchs dachte er momentan besser nicht, beschloss er und zwang sich radikal zurück in die Gegenwart.

Dennoch würde er kämpfen, entschied er in Bruchteilen von Sekunden. Kämpfen um zu retten, was möglicherweise zu retten war. Mit seiner Taktik, Zeit zu gewinnen, konnte er am wenigsten falsch machen. Er lehnte sich also scheinbar entspannt zurück, allerdings behielt er die Arme dabei fest am Körper, damit niemand seinen Angstschweiß allzu schnell erschnupperte und fragte „Gibt es denn auf der Erde eigentlich noch Männer? Und was passiert mit ihnen?"

¤ ¤ ¤ ¤ ¤

„Sie werden eingeschläfert. Mit ihrem Einverständnis und in einer wirklich schönen und ergreifenden Zeremonie. Da geht überaus human zu, so gewöhnungsbedürftig der Gedanke zunächst sein mag."

Island war es, die diese Worte aussprach und zum ersten Mal hatte Jim den Eindruck, dass sie ihn wirklich ansah. Ihr Gesicht zeigte weiterhin keinen interpretierbaren Ausdruck, aber ihr Blick wurde plötzlich sonderbar intensiv. Es konnte Mitgefühl sein oder etwas anderes.

Er vermochte ihr kaum mehr in die Augen zu schauen. Am liebsten hätte er seine Augen ganz fest zugemacht, fürchtete jedoch um die Schwäche, die er so offenbarte. Er wollte durchhalten um jeden Preis, nun, wo sie schon einmal den Mund aufmachte. „Eingeschläfert, Island?", fragte er sie also mit total entgleisten Gesichtszügen. „Alle Männer eingeschläfert wie die kranken Hunde?"

Konnte das wahr sein, hatte er das tatsächlich eben aus ihrem Munde gehört? Aus *Island's Mund*? Es wäre wohl eher aufgefallen, wenn er angesichts dessen *keine* Emotion offenbart hätte. „Auch die, die wir beide kannten, Island?" fragte er betroffen. „Was ist mit Dr.Weis?"

Jim wusste, dass der kettenrauchende Mediziner Island damals auf dem Planeten Daddy häufig verarztet hatte. Vom Leben an der Oberfläche mit der starken Strahlung gezeichnet und den vielen Blitzeinschlägen und den überaus notdürftigen Lebensumständen allgemein geschwächt hatte sie ihn regelmäßig aufsuchen müssen. Und Jim erinnerte sich, wie der Doktor ihr ein ums andere Mal half, denn Dr. Weis *liebte* Island, davon war Jim überzeugt gewesen. Er hatte sie geliebt, mindestens so sehr, wie er diese Frau einmal liebte.

Jim hätte am liebsten dumpf aufgestöhnt, verkniff sich das aber mit aller Kraft, die in ihm wohnte. Viel war davon nicht mehr da. Mit äußerster Mühe unterdrückte er ein innerliches Zittern, das sich aus seinen Gedärmen heraus langsam und beharrlich ihn ihm auszubreiten begann.

„Oh, es war bei ihm wie gesagt eine ausgesprochen würdevolle Zeremonie. Dr. Weis und ich sind durchaus im Guten voneinander geschieden", antwortete sie, musste aber ebenfalls wegschauen. „Wusstest du, dass wir auf der Erde geheiratet haben, Jim? Das hast du dir bestimmt denken können, auch wenn du dir, was ihn und mich anging, nicht über alles im Klaren gewesen bist, Jim. Zum Beispiel darüber, dass ich ständig mit ihm schlafen musste, weil er mich sonst nicht behandelt hätte."

„Du meinst wohl, er hat dich regelmäßig vergewaltigt, Island!", zischte eine der Riesinnen dazwischen, während alle anderen im Chor dazu knurrten, stöhnten und brummten. „Er hat dich vergewaltigt, denn du wolltest diesen Verkehr ja nicht! So ist es doch gewesen, nicht wahr?"

„Oder so, jaja", Island nickte müde. „Aber Dr. Weis hatte seine wohltätigen Seiten und war insgesamt kein schlechter Mensch."

Die Riesinnen murrten zu ihren Worten, dieses Mal eindeutig ein einhelliges Zeichen des Protests. Davon scheinbar unbeeindruckt fuhr Island fort zu sprechen. „Deshalb hat er von uns die Zeit bekommen, die er für seine eigene Entscheidung, für immer schlafen zu gehen, brauchte. Die bekommt jeder Mann zugestanden, auch wenn er noch so ... ", - abermals zorniges Brummen rund um den Tisch - , „ ... und er hat darauf bestanden, seine Zeit zugewiesen zu bekommen. Ständig eine letzte Zigarette und so weiter. Na du kanntest ihn ja."

Island verdrehte die Augen und machte eine Geste der Ergebenheit, was die anderen zum Lachen anregte, einem zunehmend rohen und von Aggressivität geprägten Lachen, das durch die gesamte Gruppe rollte wie eine Kanonenkugel.

Beinahe wäre Jim mit in das Lachen eingefallen, weil das Rauchen tatsächlich so außerordentlich typisch für den Mediziner gewesen war.

Dr. Albert Nathan Weis war Zeit seines Lebens so schwer nikotinabhängig gewesen, dass es eigentlich kaum vorstellbar schien, dass es im Jenseits anders sein könnte. Jim gestattete es sich, darüber kurz zu schmunzeln.

„Das mit dem erzwungenen Beischlaf tut mir unendlich Leid und glaube mir, ich hätte das sofort beendet, wenn ich nur eine Ahnung davon gehabt hätte. Ich war da wirklich sehr naiv und habe einfach angenommen, dass er dich eben so sehr geliebt hat wie ich es tat", sagte er dann durchaus wahrheitsgemäß, was von den Riesinnen mit einem ungläubigen Raunen quittiert wurde. Island hielt die Augen gesenkt und äußerte sich nicht, bis Jim in seiner Verzweiflung den nächsten Vorstoß wagte. „Und Edward Elias Johnson, Island?"

„Wer?" Sie schien sich kaum an ihren alten Widersacher auf Daddy zu erinnern. Einem Dozenten von Literaturkursen der römischen Antike, welcher sich selber größenwahnsinnig *wahrer Herrscher des Planeten* genannt hatte.

„Ach so, der!", reagierte sie dann eher unwillig. „Ach, bei dem ist alles schneller und natürlich würdeloser zugegangen. Du hattest ihn ja mal vertrimmt, falls du dich erinnerst, Jim! Und wir wissen ja, was der Typ alles auf dem Kerbholz hatte. Da brauchst du ja nur an deine arme Schwester zu denken, Jim."

Ihre Worte befeuerten ein derart warnendes Grollen rund um die Caféhaustische, das die Damenrunde viel von einem wütenden Mob annahm. Jim sträubten sich vor Angst die Nackenhaare, zugleich überfiel ihn eine maßlose Wut gegenüber seiner alten Gefährtin. Oh, du elende, widerliche Verräterin! dachte er. Wen hatte diese Frau seines Lebens in ihrem Leben bisher eigentlich nicht verraten?

Edward Elias Johnson, der früher ewig Ovid zitiert hatte, einem von oben vorgeschriebenen Dichter im *Klon-Reich* auf Daddy, war sicherlich kein Freund von Jim gewesen und seiner Halbschwester Mandy Grace keine Sekunde lang ein Vater. Johnson gab unzweifelhaft einen der unrühmlichsten Vertreter der Männerwelt ab. Aber was Island betraf, hatte er von Anfang an recht gehabt. Sie hatte stets alles und jeden verraten und nun war eben er, James Spencer Shepard, an der Reihe.

¤ ¤ ¤ ¤ ¤

„So, da haben wir ja eine Menge klarstellen können", sagte die Anführerin in ihrer bezaubernden Art und wie zuvor völlig ruhig und gelassen. Alles Bedrohliche an der Melange aus weiblichen Gästen und Daddy-Bewohnerinnen schien wie weggeblasen und auf einmal nicht mehr gewesen zu sein als das Produkt übernervöser Einbildungskraft.

„Dann können wir uns ja", sprach die Anführerin ebenso entspannt weiter, „endlich ganz diesem direkt hingebungsvoll gedeckten Tisch widmen. Wir sind ja nun wirklich hungrig. Und sie haben ja ein ganz wundervolles Plätzchen für uns ausgemacht", - sie schaute kurz zu Jim Shepard und dann ein paar Momente lang bewundernd empor zu der durchsichtigen Kuppel des Cafés, während alle übrigen erwartungsvoll auf die dargebotenen Speisen starrten.

„Ach, eines noch", ergänzte die Anführerin leichthin und lächelte dabei zart. „Es ist nur eine Kleinigkeit. Doch da wir selbst- und viel-gebärenden Frauen ja überaus verantwortungsvoll den Fortbestand der Menschheit auf der ganzen Welt regeln, wollen wir dem Rechnung tragen, indem wir von dem verdienten Vorrecht Gebrauch machen, jederzeit als erste die uns dargebotene Nahrung genießen zu dürfen. Dafür haben ganz sicher alle Verständnis, wofür wir uns ebenfalls ganz liebevoll bedanken wollen."

Sie wandte sich warmherzig lächelnd dem Caféhauspersonal zu, das, wie Jim zu seinem Unbehagen in diesem Augenblick feststellte, ausschließlich aus weiblichen Personen bestand. Eine Welle der Erleichterung durchströmte diese Damen nach der speziellen Anerkennung der Anführerin, welche sich in Dankesgemurmel und gegenseitigem Zunicken ergoss. Das nahm die Anführerin zur Kenntnis, um sich dann wieder ganz der Tischrunde zu widmen.

„Ihnen, die Sie bedauerlicherweise weit weniger für die Menschheit zu leisten imstande sind," sagte sie unter einem liebenswürdigen Auflachen zu Jim und seinen Begleiterinnen, „gestatten wie ungeachtet dessen und vollkommen wohlwollend, nach uns zu speisen. Und nun - *Wohl soll es uns bekommen!*"

Mit diesen unmissverständlichen Worten begannen die fünf Riesinnen von der Erde, sich die Teller voll zu häufen und mit kurzem Nicken dem Personal zu erlauben, ihnen die Getränke einzuschenken. Während alle übrigen Menschen an den Tischen ihnen gänzlich erstarrt dabei zusahen, vertilgten sie in Windeseile sämtliche der aufgetischten Köstlichkeiten.

Was das Personal unter maximalem Einsatz nachlieferte, war im Nu ebenfalls alles aufgegessen. Als nichts mehr übrig war und sich die Invasorinnen aufseufzend zurücklehnten, um sich mit ihren gestickten Servietten zierlich die Lippen zu betupfen, machte sich unter den übrigen stille Verzweiflung breit.

Schweigend nippten alle – mit Ausnahme von Jim und Island, die das Geschehen regungslos verfolgten - nach einem huldvollen Kopfnicken der Anführerin an den ihnen liebenswürdigerweise endlich eingeschenkten Getränken. Die hungrig gebliebenen Einheimischen nickten zögerlich, aber zustimmend zu der geraunten Rüge durch die Riesinnen an das Personal, leider nicht genügend Lebensmittel für alle vorrätig gehalten zu haben. Die Damen vom Personal wischten sich stumm den Schweiß von der Stirn.

Ganz unzweifelhaft sei deutlich geworden, schloss die Anführerin schließlich etwas matt, aber unverändert zufrieden lächelnd, dass sich derartiges natürlich nicht wiederholen dürfe. Einem Haus wie diesem sei angeraten, jeden seiner Gäste, völlig unabhängig von Rang und Namen jederzeit zufrieden stellen zu können. Dies sei allein schon der Gerechtigkeit geschuldet.

Und sie erwähne das nur ein einziges Mal, erklärte sie abschließend mit Nachdruck. Diesen Tadel nahmen die Bediensteten unverändert schweigend wie Schulkinder und mit tief gesenkten Köpfen entgegen.

Alison's Klon

Die mächtigen Damen verstanden sich nicht bloß auf Invasionen, sondern dazu auf Zechgelage, konnte Jim schon bald feststellen und fand als Folge der gelockerten Stimmung heraus, dass es ihm nicht unmittelbar an den Kragen gehen sollte. Man meinte ihn eine Zeitlang brauchen zu können, was dem Umstand geschuldet war, dass die Invasorinnen die Abwicklung des männlichen Teils der Bevölkerung auf Daddy nicht selbst vorzunehmen gedachten (jedenfalls solange niemand ernsthafte Schwierigkeiten machen würde). Diese und weitere Aufgaben wollten sie statt dessen einem sich willfährig zeigenden Jim überlassen. Während des gewährten Aufschubs würde er sich sogar vollständig frei bewegen dürfen und diesen Teil der Abmachung nutzte er umgehend, um sich höflich zu verabschieden.

Er müsse zunächst, wie er sagte, die Bevölkerung auf veränderte Versorgungsverhältnisse einstellen, was die satt gefutterte Anführerin durch gnädiges Kopfnicken bewilligte. So brach er ohne Verzögerung auf, allerdings mit der gouvernantenhaft an seiner Seite klebenden Verräterin Island im Schlepptau. Andernfalls hätte man ihn nicht ziehen lassen.

Sein Weg führte ihn nicht direkt zu seinen Männern, welche ihn weiterhin mit durchweg schlechten Nachrichten zuschütteten. Er fühlte sich nicht im geringsten gerüstet für das, was seine männlichen Untergebenen – allen voran seine stumm gewordenen Gegner - höchstwahrscheinlich von ihm erwarteten.

Die ganzen Jahre über hatte er es erfolgreich vermieden, all zu viel Stärke und Kampfeswillen zu demonstrieren, schlicht und einfach, weil ihm das ganze kriegerische Gehabe, was als besonders männlich angesehen wurde, von jeher ein Graus war.

Und dass es hier gegen wunderschöne, meist schwangere Frauen gehen sollte, machte die Sache natürlich kein bisschen besser. Mit den Mitarbeiterinnen seines Stabes war Jim aus den verschiedensten Gründen stets eher klar gekommen war als mit den Männern, die für ihn arbeiteten. Bei allen (ausgesprochenen wie unausgesprochenen) Vergleichen mit seinem Vater, dem General, hätte er denjenigen, die sie anstellten, glatt ins Gesicht springen mögen.

Denn in der Tiefe seines Herzens war Jim ein unverbesserlicher Pazifist und hatte sich Zeit seines Lebens um jede Art von militärischer Ausbildung herumgedrückt. Er wollte einfach davon profitieren, dass jeder etwas klügere Mensch so tat, als schlösse er von Jim's altem Herrn kritiklos auf ihn und ansonsten wollte er so wenig wie möglich mit dem Thema zu tun haben.

Wer sich dem allzu offensichtlich widersetzte, ihn sogar herausforderte oder sich ihm gegenüber besonders militärisch gebärdete, bei dem ließ sich Jim zunächst nichts anmerken, um ihn dann umgehend fallen zu lassen. Das hatte er sich so angewöhnt und wer in seinem Umkreis nicht fallen gelassen werden wollte, hatte gelernt, hübsch den Mund zu halten.

Das Ergebnis dessen aber war Jim natürlich klar. Spätestens in dieser für ihn ausweglosen Lage hätte er sicher vor seinen wenigen, echten Getreuen Farbe bekennen müssen und eben das konnte und wollte er auf keinen Fall.

Darüber hinaus war Jim restlos davon überzeugt, dass einer Auseinandersetzung mit den Invasorinnen niemand gewachsen war und er mochte nicht zu denen gehören, die einen diesbezüglichen Versuch unternahmen und diesen aller Voraussicht nach mit dem Leben bezahlten. Andererseits wiederum hätte er einen weinerlichen Haufen, der sich zur Einschläferung bereit hielt, mutmaßlich noch weniger vertragen. Gefühlsduselei war Jim von jeher ein Gräuel, zumindest darin kam er ganz nach seinem Vater.

Nein, wie er es drehte und wendete, er würde sich allein daran machen müssen, einen Weg aus der Misere heraus zu finden. Irgendwie schaffte es Jim sich das ernsthaft einzureden. Es war doch nicht so viel anders als zur Zeit seiner eigenen Machtergreifung vor mehr als zwei Jahrzehnten. Seinerzeit hatte die Lage fast ebenso aussichtslos ausgesehen und er würde Rat und Hilfe dort suchen, wo er sie damals gesucht hatte. Dazu musste er sich tief in den Bauch des Planeten begeben - in das schon fast vergessene Klon-Institut.

¤ ¤ ¤ ¤ ¤

Aber gewiss nicht mit der Frau neben ihm, die zusehends ihr Tempo steigerte, um mit ihm Schritt halten zu können. Ohne es zu wollen, dachte Jim daran, wie es einst genau anders herum gewesen war. Ständig war sie vor ihm davon gelaufen und er verzweifelt hinterher.

Mit jedem Meter aber, den sich die beiden von dem Café entfernten, kam ihm mehr von ihrer Korruptheit in den Sinn, da musste er nicht damit anfangen, dass sie ohne ihn zur Erde aufgebrochen war. Man konnte bei der Revolution der echten Nachkommen gegen ihre geklonten Eltern damals anfangen, bei der sie zwar mit zur Oberfläche verbannt worden war, ihren Erzeuger aber angeblich weder ermordet noch verraten haben wollte, sondern angeblich nur dessen Grab vorfand.

Wie glaubwürdig war denn diese Version bitte, vor allem, wo er nicht mehr in sie verliebt und damit quasi blind war? Der selbsternannte *wahre Herrscher des Planeten*, Edward Elias Johnson, hatte sie mit der hinterhältigen Scylla aus Ovids antiken *Metamorphosen* verglichen, welche immerhin ihren eigenen Vater den Feinden ausgeliefert hatte. So dubios Johnson als Mensch gewesen war - in diesem Fall gab es wohl handfeste Gründe für eine solche Einschätzung.

Und unzweifelhaft traf Island mindestens eine Mit-
schuld am Tod etlicher ehemaliger Revolutionäre.
Wie Jim als friedliebender Mann eigentlich an eine
solche Amazone und Revoluzzer-Braut geraten
konnte, war ihm schleierhaft genug, aber das war
doch gar nicht der Punkt. Damit sie Daddy ungehin-
dert mit ihrer Mutter verlassen konnte, hatte sie ihre
Mitstreiter an Jim's Halbbruder Ewan Jesse Friggs
ausgeliefert, der prompt ein Massaker unter ihnen
anrichtete. Island schämte sich später nicht einmal,
sich mit dieser Aktion als *Erlöserin* dieser Ärmsten
aufzuspielen. Und auf der Erde hatte sie mit ihren
Mordintrigen dann einfach fleißig weitergemacht.
Oder woher sonst sollte ihr Wissen zu den *Einschläfe-
rungen* stammen, wenn sie nicht maßgeblich daran
beteiligt war? Jim musste diese Person loswerden
und zwar zeitnah.

Er wusste auch schon wie. Wozu gab es denn diese
geheime Zuglinie, die er als Anführer und darüber
hinaus als einziger mit Hilfe eines ebenso geheimen
Codes nutzen konnte? Und dessen nur ihm bekannten, winzigen Bahnsteig er nun schnellstens ansteu-
erte.

Der auf Jim Shepard abgestimmte Algorithmus ließ
ihn zwar in den Zug steigen, die Tür schwang der
verdutzten Island aber vor ihrer Nase zu. Aus dem

Augenwinkel konnte Jim seine Ex heftig gegen die Tür hämmern sehen und sich ein Grinsen nicht verkneifen. Der Triumph währte nur kurz, dann drückten Jim erneut seine entsetzlichen Sorgen, unter anderem die, ob Island ihn und seine geheime Zuglinie bei ihren großen Gespielinnen verpfeifen würde, gepasst hätte das leider nur zu gut.

¤ ¤ ¤ ¤ ¤

Der Zug hielt in der Nähe des Instituts, den restlichen Weg musste Jim zu Fuß zurücklegen. Die düsteren, schwach beleuchteten Gänge jenseits der simulierten Erdlandschaften konnten einem in ihrer grenzenlosen Verlassenheit wahrlich Angst einjagen, doch Jim kamen sie bloß sehr vertraut an, wenngleich er diese Gegend seit vielen Jahren nicht mehr aufgesucht hatte.

Früher, so fiel ihm ein, war er hier unter stärkstem Unwohlsein an der Seite des Arztes Dr. Albert Nathan Weis entlang gestolpert, daran sollte er im Moment vielleicht lieber nicht denken. Kurz hielt er an der Gedenktafel für seine Halbschwester Mandy Grace inne und nahm in der Nähe auf einem wackeligen Bänkchen Platz.

Mandy Grace Johnson, die Zeit ihres kaum 20-jährigen Lebens dem Klonen gegenüber äußerst kritisch eingestellt gewesen war, hatte sich vor vielen Jahren das Leben genommen und war damit für die echten Kinder der Milliardäre, die ihre geklonten Eltern teils umgebracht hatten (die später an die Oberfläche verbannten Revolutionäre), posthum zur Märtyrerin avanciert.

Ihr Hologramm war Jim vor über zwei Jahrzehnten verschiedentlich erschienen und hatte ihn durch diese schwierigen Zeiten begleitet, doch jetzt blieb er allein. Sie tauchte nicht auf. Seufzend erhob er sich nach einer Weile und setzte seinen Weg fort. Vielleicht würde sie ihm gemeinsam mit einer anderen *Unanwesenden* erscheinen, einer Klon-Forscherin von der Erde, die sich damals der Reise zum Planeten Daddy mit den ersten Besiedlern verweigert hatte. Alison Ivy Pabst, so hieß diese Frau, war von seiner Schwester Mandy Grace Johnson schwärmerisch verehrt worden. Nebenbei bemerkt hatte diese Tatsache Jim daran zweifeln lassen, dass seine Halbschwester so eine eingefleischte Gegnerin des Klonens gewesen sein sollte. Es passte für ihn nicht zusammen.

Als das mächtige, in den Stein gehauene Institut mit seinen Gitterfenstern und verlassenen Balkonen hinter einer Biegung schließlich vor ihm auftauchte, schauderte es Jim dann doch und er glaubte sich kurzzeitig in einen alten Horrorfilm von der Erde versetzt. Die Umgebung war ungemütlich feuchtkalt und Wasser rieselte lautlos die dunklen Wände hinab, um anschließend in Rinnsalen am Boden zu verschwinden.

Und zu allem Überfluss verdrückten sich einige Hunds-große Urviecher des Planeten Daddy, die es offiziell gar nicht mehr hätte geben sollen, grunzend und röchelnd in Spalten und Löcher, was den Ort wirklich nicht einladender machte. Es roch überall dumpf nach Abfall, Verwesung und modernder Feuchtigkeit. Jim fluchte leise vor sich hin und wünschte, es gäbe keinen triftigen Grund, um hierher zurückzukehren. Dann gab er sich einen Ruck und läutete an der mächtigen, steinernen Tür.

¤ ¤ ¤ ¤ ¤

War er früher bereits entsetzt über die Zustände in dem Institut gewesen, so schockierten sie Jim nun über alle Maßen. Sämtliche Mitarbeiter, denen er begegnete, kamen ihm vor wie verhuschte Schatten, mit leichenfahlen Gesichtern und irre flackerndem Blick über tiefsten Augenringen. Die unendlich langen Gänge hatten allen Anschein aufgegeben, Teil einer wissenschaftlichen Einrichtung zu sein. Sie wirkten Spinnfäden-verhangen, verwahrlost und restlos zugemüllt.

Jim hätte sich ohrfeigen können, dass er dieses alt-ehrwürdige Institut im Zuge seiner vielen Verbesserungs-Maßnahmen der Lebensumstände auf dem Planeten völlig übersehen hatte. Zugegebener weise machte der Laden allerdings schon seit den Anfängen der Besiedlung seinem Namen keinerlei Ehre, weil man es nie verstand, Klone so zu züchten, dass man auf die Transporte von der Erde hätte verzichten können.

Das war nur Alison Ivy Pabst und ihrem Team gelungen, die jedoch mitsamt ihren Geheimnissen auf der Erde verblieben war. Die Institutsmitarbeiter und -arbeiterinnen hierzulande hatten sich stets unabhängig und denkwürdig ineffektiv gezeigt.

Jim war das durchaus bekannt. Doch interessierte er sich für die technischen Details von Klon-Vorgängen keinen Deut mehr als es sein Vater, General St. Shepard, getan hatte.

Auf der anderen Seite hatte er von der Forschung in diesem seltsamen Gebäude einst sehr profitiert und sie sogar als genial eingestuft. Zumindest, was die Ergebnisse eines Wissenschaftlers anging, welcher seit einer teilweise missglückten Hirntransplantation in den Körper eines weit jüngeren Kollegen fürchterlich entstellt aussah.

Diesem *stark verformten* Mitarbeiter – in Abgrenzung zu einem Kollegen, den sein Eingriff etwas *weniger stark mitgenommen* hatte – waren zahlreiche, kluge Nutzungen des Paramagnetismus zu verdanken, darunter die Erstellung von Hologrammen toter Menschen mit Hilfe eines von ihm entwickelten Geräts namens „Identifikator". Forcierte Begegnungen mit *Unanwesenden* waren samt und sonders auf diese Erfindung zurückzuführen.

Jim Shepard fand alle Befürchtungen darüber, wie dieser geniale Forscher inzwischen aussehen mochte, bestätigt, als er in eine Art Konferenz hinein platzte, in einem Raum, in dem man sich am ehesten Mühe gegeben zu haben schien, Ordnung zu halten.

Der *stark verformte Wissenschaftler* wirkte darin jedoch wie ein riesiger Sack Müll, den jemand an einen ebenfalls sehr großen, ovalen Tisch geschoben hatte, worauf dieser plötzlich einen kleinen und äußerst unaufgeräumten Eindruck machte. Unter den wenigen Kollegen, die mit an diesem Tisch konferierten, konnte Jim eine Dame *nicht* ausmachen. Jocelyn Ivy Pabst, eine Nichte der bedeutenden Klon-Forscherin Alison Ivy Pabst von der Erde, hatte die Institutsleitung seit etlichen Jahrzehnten inne gehabt und dies einzig ihrer Verwandtschaft zu Alison zu verdanken. Nun war sie nirgends zu sehen.

Bestürzt erkannte Jim, dass er sich ihr Verschwinden auf die eigene Fahne an Verfehlungen schreiben musste, denn sie war ihm in all den Jahren keinen Moment lang eingefallen. Geschweige denn, dass er je daran gedacht hatte, die Frau vor ihren überaus intriganten Kollegen zu beschützen.

Da er keine Lust hatte, sich den beklagenswerten Zustand des *stark Verformten* und *derzeitigen Institutsleiters* erläutern zu lassen, ordnete Jim umstandslos an, den Identifikator zum Zwecke der Hologramm-Erstellung von Alison Ivy Pabst verwenden zu wollen, was der formlose Riesen-Müllsack am Tisch durch eine knappe Geste an einen untergebenen Mitarbeiter delegierte.

Frauen waren hier keine mehr zu sehen, stellte Jim fest, der mittlerweile dafür sensibilisiert war, während er sich von dem Mitarbeiter zu dem Raum führen ließ, in dem das Gerät aufgestellt und einsatzbereit stand. Dessen ungeachtet freute er sich richtiggehend darauf, das Hologramm der großen Klon-Forscherin Alison Ivy Pabst zu treffen und wies den anderen an, den Identifikator sofort einzuschalten. Eilig warf er ein paar bereit liegende Haare der Toten hinein, die für die Erstellung des Hologramms erst atomisiert werden mussten.

Die Freude war leider nicht gegenseitig. Statt des Abbildes einer abgeklärten, ruhigen und höchstens arbeitswütigen Wissenschaftlerin von einst, an die sich Jim gut erinnerte, entwarf das Gerät dieses Mal aus den Überresten der Frau ein so furchtsames wie wutverzerrtes Hologramm, welches nervös vor Jim auf und ab tigerte und ihn kaum zu Wort kommen ließ. Aus dem Stand sah er sich mit gellenden Vorwürfen überschüttet.

„Aha!", rief ihm die Erscheinung mit böse blitzenden Augen aus einer Ecke des Raumes zu. „So haben Sie es also bis zum Beherrscher dieser vergessenen Folterkammer gebracht, Jim! Dazu kann man Ihnen ja nur gratulieren und das hätte ich sogar getan, Mr Shepard junior, - wenn Sie sich mit Ihren Besuchen nicht alle Zeit der Welt lassen würden!

Erst jetzt, wo Sie anscheinend wieder einmal meiner Hilfe bedürfen, kommen Sie also herbei gekrochen. Danke, James Spencer Shepard, schönen Dank, Sie missratener Sohn eines Verfluchten!"

Der wusste darauf nichts zu entgegnen und bemerkte bloß, dass ihn in seinem Innersten inzwischen eine immense Angst vor Frauen umtrieb. Auch wenn sie gar nicht lebendig waren.

Das schnürte ihm direkt die Kehle zu, während die Untote langsam aus ihrer Ecke auf ihn zukam, unablässig auf ihn einschimpfend. „Nun sind Ihre Belange aber ganz dringend, habe ich recht, Jim?", rief sie erregt und mit einer vor Zynismus strotzenden Stimme. „Und wissen Sie was? Damit sind Sie kein bisschen anders als Ihr Vater jemals gewesen ist! Oder besser gesagt – als es im Grunde doch alle Kerle gewesen sind." Es warf ihn fast um, mit welcher Verbitterung die Frau von seinem Vater sprach, mit dem sie auf Erden einmal eine enge Beziehung eingegangen war.

„Ich bin Ihnen doch genauso gleichgültig wie ich es ihm gewesen bin, Jim!" zischte das Hologramm und behielt damit grauenhafter weise recht. „Genau so, wie Frauen für Sie doch gar nicht zählen, Jim! Nehmen wir doch nur das Beispiel meiner armen, armen Nichte, die hier schon lange abgelöst und wahrscheinlich längst umgebracht worden ist. Was mich wirklich nicht verwundert! Sie etwa, Mr Shepard junior? Sollte Sie das erstaunen, im Nachklang, wo Sie es von mir, einer Toten, erfahren? Ach, kommen Sie! Sie hatten meine Nichte Jocelyn doch bereits vollkommen vergessen, nicht anders als mich. Wir fallen Ihnen doch nur ein, wenn Sie eine von uns gebrauchen können!"

Die *Unanwesende* hatte ihn fast erreicht und kam ihm so nahe, dass er meinte, unter seinen angstvoll verschränkten Armen ihre Ausdünstungen riechen zu können. Das kann nicht sein, das ist nicht möglich, versuchte er sich krampfhaft zu beruhigen, während sie weiter umgehemmt auf ihn einschrie.

„Sind Sie *diesem armen Wesen* unterwegs hierher begegnet, dass dieser irre, entstellte Typ aus mir erschaffen hat, Jim? Diesem *degenerierten Stück Pseudo-Leben*, wofür er mein Hologramm endlos missbraucht und gefoltert hat - haben Sie sich das wenigstens angesehen?"

Und nachdem er „Nein, nein, bin ich nicht! Bitte hören Sie doch auf, Alison! Nehmen Sie doch Vernunft an", unter seinen Armen hervor rief, trat sie zwar einen Schritt zurück, hörte aber keineswegs auf, ihn anzubrüllen. Ob er wüsste und ob es ihn jemals interessieren würde, wie der Irre hier gewütet hätte, gegen sie, ein wehrloses Hologramm, für seine *elenden Pflanzenversuche* und um seiner wahrhaft eingebildeten, männlichen Genialität willen, das müsse man sich einmal vorstellen. Er, Jim, solle sich das Wesen nur anschauen, das dabei herausgekommen war. Dann dämmere ihm vielleicht, wozu Männer imstande seien, wozu er ebenfalls imstande gewesen sei, nämlich jede Frau maßlos zu enttäuschen! Jawohl, er, Jim Shepard! Der einzige Mann, von dem sie sich wahrhaft, - wenn auch nur für kurze Zeit und so tot, wie sie nun einmal sei - habe vorstellen können, dass er sich von anderen Männern unterscheide. Dabei wäre er aber genauso nichtsnutzig wie all die anderen, wenn nicht noch nichtsnutziger!

Während dieser Worte hatte sie ihm bereits den Rücken zugedreht, um ihrerseits völlig verzweifelt in der Ecke in sich zusammen zu sinken.

„Alison! Bitte, bitte liebe Alison! Sagen Sie doch nicht so etwas. So schlecht werden Sie doch nicht von mir denken!" Wie ein Kind kam Jim unter Tränen auf sie zugelaufen. Und es entging ihm nicht, wie sehr er stammelte, als er ihr versuchte zu erzählen, wie massiv bedroht das Leben aller auf dem Planeten Daddy wäre. Bedroht von *echten Klon-Frauen* von der Erde, doch hier wurde er von der toten Alison Ivy Pabst sofort unterbrochen, die darüber nur heiser und triumphierend auflachen konnte. „Echte Klon-Frauen?", echote sie, während sich ihre Stimmung etwas aufzuhellen schien. „Das ist ja endlich mal eine begrüßenswerte Innovation, das muss ich sagen! Das wird euch Männern womöglich bringen, was ihr verdient", stieß sie hervor, während es zugleich wirkte, als ob auch sie weinen müsste. So räche sich letztlich alles im Leben einmal, das fände sie regelrecht zum Piepen.

Mit dieser abschließenden Bemerkung wandte sie sich endgültig von ihm ab und war zu keiner Konversation mehr zu bewegen. Restlos entmutigt schaltete Jim das Gerät schließlich ab.

¤ ¤ ¤ ¤ ¤

Widerwillig kehrte er danach zu dem einstmals von ihm so geschätzten, stark verformten Wissenschaftler zurück. Da er ihn zuvor nicht konsultiert hatte, stellte Jim erst jetzt fest, dass der Forscher nicht nur äußerlich verändert, sondern insgesamt schwer demoralisiert und erkrankt wirkte. Mit einem rot umränderten, tränenden Auge, dem einzigen, mit dem er etwas sah, starrte er Jim verzweifelt entgegen.

„Wie ich höre, sind Sie in Ihrer Arbeit vorangekommen", sagte dieser diplomatisch, denn er vergaß nicht, dass er diesem Missgestalteten, der den *Identifikator* maßgeblich mitentwickelt, wenn nicht gar erfunden hatte (so genau wusste Jim es gar nicht) seine gesamte Laufbahn verdankte. „Würde es Ihnen etwas ausmachen, mir diese Ergebnisse einmal vorzustellen?", fragte er ihn betont sanft, fast begütigend.

An Stelle einer Antwort vollführte der menschliche Fleischberg abermals eine winzige Geste. Woraufhin ein Mitarbeiter aufstand, davon ging und mit einer jungen Frau an der Hand zurückkehrte.

Jim hätte sich bei dem Anblick dieser jungen Frau am liebsten die Augen gerieben, denn es sollte sich bei der etwa 20-jährigen wohl um den Klon von Alison Ivy Pabst handeln. Oder anders ausgedrückt um *das Wesen*, von dem ihm das Hologramm so aufgebracht berichtet hatte.

Streng genommen wies die junge Frau nur eine sehr entfernte Ähnlichkeit mit ihrem Vorbild auf, das wurde bald klar. Und am wenigsten Übereinstimmung gab es mit der Art der Klon-Forscherin, anderen Menschen gegenüber zu treten. Im Gegensatz zu Alison Ivy Pabst wirkte *das Wesen* dermaßen introvertiert und weltabgewandt, als sei es niemals geboren worden.

Die junge Frau reagierte auf keine Ansprache und sprach kein Wort. Ihre wie abgestorbenen Augen fixierten nichts und niemanden. Eine ihrer Hände betastete wie abwesend die Tischoberfläche, jedoch ohne Eile und nicht so, als würde sie dort etwas zu finden hoffen. Die sachten, gleichmäßigen Handbewegungen glichen dem Atem einer Komatösen und kündeten wie dieser von etwas längst Vergessenem, von dem nichts als ein Ritual geblieben war.

„Ist das grüne Haar echt?", fragte Jim, der sich nicht länger in diese Person einfühlen mochte und sich deswegen auf Äußerlichkeiten konzentrierte. „Ja, das ist echt. Sie betreibt damit sogar Photosynthese, kann sich also durch Licht ernähren", sagte der stark Verformte aus seiner gesünderen Gesichtshälfte heraus und ergriff damit erstmals das Wort. „Das ist im übrigen der größte Erfolg des ganzen Unternehmens", fügte er mit matter Geste hinzu. „Wir wissen allerdings nicht genau, ob sie tatsächlich Photosynthese betreiben kann, nehmen es aber an, weil sie seit Jahren nachweislich nichts essbares zu sich genommen hat." Er schüttelte sachte den schweren, verunstalteten Schädel, als könne er nicht fassen, wozu seine Bemühungen da geführt hatten.

Auf Jim's Drängen hin, formulierte der Wissenschaftler in knappen Sätzen, dass er der großen Klon-Forscherin Alison Ivy Pabst, die er zutiefst für ihre Klugheit und ihren Fleiß bewunderte wie er betonte, vor allem deshalb zu neuem Leben hatte verhelfen wollen, um bei der Arbeit mit ihr ganz von vorn beginnen zu können. Er hatte damit der „etwas kratzbürstigen" Art ausweichen wollen, die Alison in ihren späteren Jahren entwickelt und mit der sie sich ihm gegenüber in Hologrammen stets präsentiert habe. Deshalb sei er auf die Idee verfallen, Alison's Hologramm über lange Zeit einer paramagnetisch agierenden Pflanze auszusetzen, bis das Gewächs die Energie und Information ihres Abbilds in sich aufgesogen habe.

Jim stockte bei diesem Bericht der Atem, denn er hatte vor über zwanzig Jahren den mörderischen Ambitionen solcher Pflanzen nur mit äußerster Not widerstanden. Er begriff ohne weiteres, was Alison's Hologramm mit Folter gemeint hatte, wunderte sich darüber, dass Hologramme offenbar Schmerzen empfanden und hätte den unförmigen Forscher zugleich ohrfeigen und treten können, weil er die gefährlichen Pflanzen nicht vorschriftsmäßig entsorgt, sondern für seine wahnsinnigen Experimente benutzt hatte.

Der Wissenschaftler spürte anscheinend, was in Jim vorging, denn seine kränkere Gesichtshälfte begann leise zu zittern, was sich allmählich ganz über ihn ausbreitete. Er habe die Pflanze dann später vernichtet, versicherte er, während sich seine geschwollenen Backen verdächtig röteten. Allerdings erst, nachdem er die Zellen nach genetischem Material von Alison Ivy Pabst durchsucht habe.

Der Pflanze war anscheinend gelungen, was bislang kein Mensch geschafft hatte. Sie hatte aus einem Hologramm nicht nur auf den menschlichen Code rückschließen, sondern dabei sogar Gewebe- Unterschiede in dem Milliarden Zellen umfassenden, ehemaligen Organismus berücksichtigen können. So war es dem stark Verformten später möglich, Zellen aus Alison's ehemaligen Keimdrüsen aus dem pflanzlichen Material zu isolieren.

Von diesem Zelltyp versprach er sich am ehesten einen kompletten Neustart und tauschte den Kern einer befruchteten Eizelle gegen das gefundene Material aus. Dieser geschaffene *Klon* war später einer Leihmutter implantiert worden, die *das Wesen* auf ganz normalem Wege zur Welt gebracht hatte.

Niemand hätte zu sagen vermocht, was genau bei dem Prozess schief gelaufen war. Das betonte der verformte Forscher und konnte wohl nur deshalb damit leben, indem er der Pflanze alle Fehler zuschob. „Ich fürchte, das Gewächs wird sich nicht dafür verantworten müssen, sondern Sie", fiel ihm Jim schließlich kopfschüttelnd ins Wort. Und erzählte bei dieser Gelegenheit von den Invasorinnen, *echten Klon-Frauen*, für die eine solch skrupellose männliche Handlungsweise ein gefundenes Fressen sei. Als er hinzu setzte, dass die Feinde der großen Frauen gewöhnlich eingeschläfert würden, begann sich die Miene des Forschers zu Jim's Überraschung ein wenig aufzuhellen. „Das klingt doch sehr human und ist für mich sicher eine Erlösung", lallte er seinem Besucher entgegen.

Wie anders erschien Jim eine solche Reaktion als das Gehabe des Wissenschaftlers früher. Als der sich einerseits detailliert über seine eigenen Ängste vor den Revolutionären ausließ, die seiner Aussage nach bereits vor den Toren des Klon-Instituts randaliert hatten. Andererseits konnte der Typ endlos darüber schwadronieren, dass Daddy's Besiedler bei ihrem Vorgehen niemals Skrupel zeigen dürften und jede Art von Forschung einzig dem Zweck geschuldet sei, Invasionen den Weg zu ebnen. Ganz gleich, wie grausam und unmenschlich es dabei zuging, dachte Jim im Stillen, mochte sich aber nicht mit diesen Untiefen menschlichen Daseins befassen.

An Stelle dessen kam ihm eine Idee. „Ich brauche Ihren Identifikator und Zellmaterial von meinen beiden Eltern und zwar schnell. Beides werde ich mitnehmen", sagte er in dem knappen Ton desjenigen, der das Sagen hatte. Es zeigte Wirkung, der unförmige Forscher vollführte abermals eine seiner knappen Gesten und ein Mitarbeiter eilte davon, um alles zu besorgen.

Auf der Suche

Schwer bepackt mit den eingeforderten Utensilien verließ Jim keine Stunde später das Klon-Institut. Natürlich hätte er die Proben seiner Eltern dort im Labor atomisieren und als Hologramm abrufen können. Doch nach seiner Erfahrung mit der Klon-Forscherin Alison Ivy Pabst wollte er lieber keinen derart vorbelasteten Ort dafür wählen.

Ihm schwebte das Strandhaus an dem künstlichen Meer in seinem noblen Erd-Trakt vor. Ein Ort, von dem er wusste, dass seine Eltern dort miteinander sehr glücklich gewesen waren. Genau hatte er nicht geplant, was er seine Eltern eigentlich fragen wollte, aber es das einzige, das ihm momentan einfiel und was er machen wollte. Vielleicht hatte Jim gehofft, eine romantische Liebe wie die seiner Eltern könne ihm den Rücken stärken im Kampf gegen diese durch und durch bedrohliche Situation, in der er feststeckte.

Und bis auf seine kürzliche Erfahrung mit der Forscherin Alison, an der er keine Schuld zu haben glaubte, hatten *Unanwesende* Jim nie enttäuscht oder im Stich gelassen. Anders als alle lebenden Menschen waren sie für ihn da gewesen. Besonders schmerzhaft spürte er die Last, ein einsames Kind gewesen zu sein, das als Waise hatte groß werden müssen. Kein Wunder, dass er eine Amnesie bekommen und alles dazu hinter sich gelassen hatte!

Doch dies war der Moment, wo er den Beistand einer Familie brauchte, befand er, als er sich erneut auf dem Bänkchen an der Gedenktafel für seine Halbschwester Mandy Grace Johnson niederließ, in der Hoffnung, dass sie dort vielleicht spontan erscheinen möge. Er blieb jedoch vollkommen allein und gab es nach einer Weile auf, sein Gepäck aufs neue schulternd. Und nahm sich vor, alles, was ihn derart frustrierte, künftig einfach zu meiden.

¤ ¤ ¤ ¤ ¤

Das nächste Ärgernis ließ nicht lange auf sich warten. Während der nicht eben kurzen Fahrt in seinem geheimen Privat-Zug hin zum Erd-Trakt, wo er sein Strandhaus an dem künstlichen Meer aufsuchen wollte, wagte es Jim, die Nachrichten einzuschalten, die als Hologramm das Zug-Innere erleuchteten. Auch wenn er dabei das Risiko einging, dass sich sein und des Zuges Standort so hätten orten lassen.

Wie sein Vater kannte Jim in technischen Dingen nur das notwendigste, bereute dies momentan aus tiefstem Herzen, konnte aber trotzdem nicht davon lassen, sich ein Bild von der offiziellen Lage zu machen.

Das Ergebnis war niederschmetternd. Anders ließ es sich wirklich nicht beschreiben. Eine sichtlich verzagte Sprecherin stellte die neuen Machthaberinnen glanzvoll und ausführlich vor und gab Wort für Wort deren bekannte Losungen aus (reine, liebende Mütter, die niemanden bedrohten, aber sehr viel zu essen brauchten; alle Männer waren aufgerufen, sich ausführlichen Befragungen zu stellen etc.).

Was als nächstes direkt zu ihm, Jim Shepard, führte, auf den tatsächlich bereits ein sattes Kopfgeld ausgesetzt worden war. Nacheinander ließen sich seine engsten männlichen Untergebenen über zahlreiche angebliche Verfehlungen seinerseits aus und forderten zitternd, schweißnass und totenbleich seine sofortige Auslieferung (*mit oder ohne Kopfgeld, tot oder lebendig*) an die Invasorinnen, die keiner so nennen durfte.

Trotz seines enormen Schreckens sah sich Jim anschließend einige nette Filmchen von *Klon-Kindern* an, bis er das Hologramm schließlich entnervt abschaltete. Ihm war, als müsse er die leeren Sitze im Zug rechts und links von sich vollkotzen.

In der Nähe des Strandhauses angekommen, rettete Jim einzig das Leben, dass er sich kurz in der Düne hinter dem Haus erleichtern musste. In der Dringlichkeit dieser Aktion bemerkte er nicht sofort, was sich alles verändert hatte.

Alsbald aber klang Musik an sein Ohr, die er nicht kannte und das wollte etwas heißen. Sämtliche Songs, die auf dem Planeten Daddy in Dauerschleife kursierten, entstammten der Zeit auf der Erde. Eigene Musik war von den Besiedlern eigenartiger weise kaum geschaffen worden und wenn doch, dann überzeugte sie nicht und man zog ihnen die uralten Erd-Schnulzen liebend gerne vor.

Deswegen stellte Jim rasch fest, dass sich die Klänge fremd anhörten. Es waren seichte, fröhliche Lieder, die eine friedliche Urlaubsstimmung erzeugten und ständig von vergnügten Zurufen und gelöstem Gelächter unterbrochen wurden. Als sich Jim zum Rand der künstlichen Düne vor robbte und über ihn hinweg linste, bot sich ihm ein entzückendes Bild.

Es sah aus wie aus einem wunderbaren Werbekatalog für besonders schönen Urlaub. Dutzende der großen, wohlgestalteten Damen hielten den Strand besetzt.

Sie gingen in Jim's Elternhaus aus und ein und badeten in seinem künstlichen Meer.

Sie spielten Volleyball am Strand oder aalten sich träge in der künstlichen Sonne.

Umschwirrt wurden sie von etlichen einheimischen Frauen, die er zuvor nie so fleißig gesehen hatte und die den *Müttern aus reiner Liebe*, deren Bauch sich vielfach in reizender Weise wölbte, kühle Getränke, Handtücher und Sonnenmilch reichten, mit der sie ihnen praktischer weise gleich den schönen, breiten Rücken eincremten. Die beflissenen Damen, die im Vergleich zwergenhaft aussahen, schafften Sonnenbrillen und -liegen heran und feuchte Bikinis fort, als hätten sie im Leben nie etwas anderes getan. Während ihre Herrschaft kichernd und kreischend erfrischende Nacktheit für sich entdeckte und Stück für Stück in Anspruch nahm.

Aus den Nachkommen der einstigen klonenden Milliardäre waren im Handumdrehen ihre eigenen Bediensteten geworden. Sie waren von jenen nicht mehr zu unterscheiden, welche ihnen und ihren Eltern über Jahrhunderte klaglos jeden Wunsch von den Augen abgelesen hatten.

Jim erbrach sich bei diesem Anblick weitgehend lautlos und schier endlos lange in den warmen, weichen Sand.

¤ ¤ ¤ ¤ ¤

Er musste hier weg und zwar so schnell wie möglich. Nachdem er mit reichlich Sand die Spuren seines Daseins zugeschaufelt hatte, robbte Jim die Düne rückwärts hinab, erhob sich dann schwankend und rannte geduckt zum Zug zurück, dessen Tür er ärgerlicherweise sperrangelweit offen hatte stehen lassen. Er sprang mit einem Satz hinein, verriegelte eilig von innen die Tür und setzte den Zug in Bewegung, als plötzlich von hinten der gewaltige Schatten einer nackten Frau auf ihn fiel.

Mit einem angstvollen Jammerlaut fuhr Jim herum und starrte direkt in das leuchtende Gesicht einer sichtlich erregten Riesin. „Du kommst gerade recht, Kleiner!", raunte sie und atmete ihm dabei heiß ins Ohr, während sich ihre mächtige Hand eisern um seine Genitalien krallte. „So ein Quickie ist nämlich unsere Form der Verhütung, das hast du nicht gewusst, oder?"

Bei diesen Worten warf das Weib den Kopf zurück und begann roh zu lachen und ihn so hart und fest zu massieren, dass ihm der Atem stockte.

Es konnte nur Todesangst gewesen sein, die bei ihm folgsam eine Erregung nach sich zog, denn diese Titanin hatte nichts an sich, was ihn bei einer Frau normalerweise auf Touren brachte.

Sie roch auch nicht so, wie er es kannte und mochte und fühlte sich darüber hinaus weder von außen noch von innen in irgendeiner Form weiblich an. Hätte man ihm versichert, ein böser Berggeist wäre über ihn gekommen, so hätte Jim es geglaubt.

Während sich seine Gedanken überschlugen und sein Leib sich vor Schmerz krümmte, wurde diese Grenzerfahrung bloß davon übertroffen, dass er seine Vergewaltigerin sich ihre Kette vom Hals reißen und in ihrer geschlossenen Faust festhalten sah. Was ihn zwingend annehmen ließ, sie würde den Geschlechtsakt mit einem Mord an ihm beenden wollen, ganz wie manche Spinnenweibchen ihre Liebhaber zur Beute machen. Dass sie ihn im Anschluss verspeisen würde, mochte er nach seinen Erfahrungen mit den Damen nicht mehr ausschließen.

Er hatte in seiner Peinigerin eine der stolzen Soldatinnen erkannt, welche ihm bei ihrer Ankunft auf Daddy im Café vorgestellt worden war und die später in einer schnieken Uniform mit Generals-Abzeichen in den Nachrichten unnachahmlich bösartig verbal über ihn hergezogen war. Als notorischen, unverbesserlichen Triebtäter und Kinderschänder hatte sie ihn gebrandmarkt, den es unverzüglich zu richten gelte, was sie wohl in die Tat umzusetzen gedachte (in der Sendung aber nicht angesprochen hatte).

Im Bruchteil jeder Sekunde rechnete Jim damit, von ihr auf den Rücken gerissen und mit Hilfe ihrer Kette stranguliert zu werden, während sein Todes-Röcheln sich mit den Seufzern ihres Orgasmus mischen würde.

Jim war zwar nur der Sohn eines Generals und militärisch nicht bewandert, hatte aber über seinen Vater von verschiedenen Tötungsarten erfahren, derer sich dieser sogar gerühmt hatte. Das ließ ihn noch überzeugter davon sein, gleich umgebracht zu werden. In höchster Not stahl sich seine Hand zu einer winzigen Tasche an seiner herabhängenden Hose, wo sie ein winziges Springmesser zückte, das Jim dort für buchstäblich alle Fälle mit sich zu tragen pflegte.

Dabei war er endlos froh, sich nie an Stelle echter Klamotten aus echtem Stoff auf irgendein albernes Gewandlungs-Programm eingelassen zu haben, das seines Wissens nach keine noch so kleinen Taschen für den Waffenbesitz vorsah. Darin kam er nach seinem Vater, welcher grundsätzlich in seiner echten, alten Uniform herumgelaufen war.

Jim registrierte das mit einem gewissen Stolz, wobei er seine Hand so verstohlen wie möglich zum Busen der Riesin führte. Um ihr die Klinge direkt zwischen die Rippen in ihr zweifellos sehr großes Herz zu jagen.

Ihr Blick, der von Erregung in blankes Staunen überwechselte, als sie langsam von ihm wegsackte und dann hart auf den Sitz dahinter kippte, ihr dazu die Kette klirrend aus der Hand fiel und ihr der Kopf danach vornüber in den nackten Schoß sank – das alles sollte sich Jim unauslöschlich einbrennen. Der verblüffte Ausdruck stand nun auf ihrem entseelten, ihn seitlich anschauenden Gesicht und verlieh ihr selbst im Tode etwas kindlich Verblüfftes, ja Unschuldiges.

¤ ¤ ¤ ¤ ¤

Während der Zug unverändert durch die Tunnel brauste, jagten Jim's Gedanken mit ihm. Sein Körper hingegen hockte erstarrt neben der Toten.

Trotz des immensen Schocks war Jim krampfhaft bemüht zu ordnen, was in seinem Kopf vorging. Wie ließ sich das Geschehene rechtfertigen und vor allem wem gegenüber? Würde ihm irgend jemand das hier Vorgefallene abnehmen und was um alles in der Welt sollte bloß mit dem Leichnam passieren?

Ohne dass er es wollte, kam Jim *Ovid* in den Sinn. Jener antike Dichter von der Erde, zu dessen Lektüre sein Vater alle Bewohner des Planeten Daddy stets angehalten, ja gezwungen hatte. Deswegen hatten sich die Geschichten bei ihm so eingegraben.

In dem Werk der *Metamorphosen,* kamen Vergewaltigungen ausgesprochen häufig vor und dem Leser wurde die schrecklichen Folgen nie verschwiegen. Für den Autor schien das ein natürlicher Teil der eskalierenden Gewalt des Menschengeschlechts von dessen Anfängen bis ins alte Rom zu sein.

Und Jim's Vater, General S.T. Shepard, hatte diesen Aspekt wie alle sonstigen in Ovids Werk zum Anlass genommen, die Ungeheuerlichkeit des Klonens auf Daddy zu rechtfertigen. Bei der über hundert Jahre lang die Milliardäre unter den Bewohnern (also alle außer dem Personal) ab dem 40. Lebensjahr ihre Gehirne in 20-jährige Nachzuchten transplantieren ließen, um die Generationenfolge im Grunde abzuschaffen und ihre *besten Lebensjahre* auszudehnen.

Ihr Anführer, eben Jim's Vater S.T. Shepard, hatte das kein bisschen makaber gefunden, sondern davon geträumt, auf diese Weise Menschen läutern zu können und sie angesichts barbarischer Gewaltorgien der Altvorderen zum Schaudern zu bringen.

Nur hatte das leider nicht hingehauen. Wer auf Daddy klonte, war definitiv nicht geläutert worden. Das wusste Jim so genau, weil er diese Leute regierte beziehungsweise bis vor Kurzem regiert hatte. Und hinzu kam, dass er, der Ovid einst eingehend studiert hatte, um seinen Vater besser verstehen zu können, sich nicht erinnern konnte, in dem ganzen Werk eine der gegenwärtigen Bedrohungslage vergleichbare Form der Tyrannei vorgefunden zu haben.

Jim interpretierte das Buch des antiken Dichters ohnehin gänzlich anders als sein Vater. Zwar trafen die handelnden Götter und Menschen für ihr Leben selten eine richtige Wahl, aber das sollte Jim's Ansicht nach nur darauf hinweisen, dass sie überhaupt eine Wahl hatten. Grundsätzlich wollte Ovid die Menschen darauf hinweisen, dass sie wählen konnten, ob sie Gewalt *erzeugten* oder *verhinderten*, davon war Jim total überzeugt. Es war, wie er fand, der schlichten Tatsache geschuldet, dass sich die Menschen für ihresgleichen in irgendeiner Weise interessierten. Und weil sie potenziell eine Gemeinschaft bildeten.

Was aber, fragte sich Jim erschreckt, geschah, wenn sie genau das nicht mehr taten? Selbst bei Daddy's klonenden Bewohnern war ihr Interesse am anderen Geschlecht von den Vorgängen des Klonens unberührt geblieben, was die vielen, natürlich geborenen Kinder zur Genüge bewiesen.

Doch hier lag der Fall anders. Während Jim nicht aufhören konnte, die tote Klon-Frau neben sich anzustarren, sank ihm der Mut in jedem Augenblick. Dabei war es für ihn mittlerweile unwichtig, ob er Männlein oder Weiblein vor sich hatte. Ohnehin hätte er das ungeachtet der Schönheit dieses Wesens gar nicht genau zu sagen vermocht. Ihn schauderte es einzig bei der Tatsache, dass dieser eingeschlechtliche Mensch kein Gegenüber mehr zu suchen brauchte. Die familiären Verstrickungen in den *Metamorphosen* berührten ihn nicht und er benötigte keine Regeln menschlichen Zusammenlebens mehr, die Fürsorge für den eigenen Nachwuchs vielleicht ausgenommen.

Sah man davon einmal ab, mussten sich diese Leute nichts und niemandem verpflichtet fühlen. Sie waren in der Tat so frei, wie es sich Jim's eigener Vater durch das Klonen erhofft hatte. Doch war es ohne Zweifel eine vergiftete Freiheit.

Jim Shepard fror es, wie es ihn nie zuvor gefroren hatte. Denn wie er jetzt erkannte, klonte kein Klon, um einen besseren Menschen aus sich zu machen. Warum auch, wenn kein anderer damit beeindruckt werden sollte, warum es dann versuchen? Und wenn kein menschliches Miteinander mehr existierte, durfte keiner auf Erbarmen hoffen.

¤ ¤ ¤ ¤ ¤

Jim stöhnte laut auf, erhob sich schwankend, zog sich die Hosen hoch und griff dann nach dem Kleid der toten Riesin, das er ein paar Sitze weiter liegen sah. Es war ein sehr hübsches Kleid aus einem weichen, fließenden Stoff und er bedauerte, was er damit vorhatte.

Er trat auf die Leiche zu, um ihr die winzige Klinge zwischen den Rippen hervorzuziehen, das Messer an ihrem eigenen Gewand sauber zu wischen und mit versenkter Klinge zurück in die Tasche seiner Hose zu stecken.

Dann machte er sich daran, die Tote zu bekleiden, was sich Jim wie bei einer monströsen Schaufensterpuppe vorstellte. Es gestaltete sich jedoch weitgehend einfach und der Stoff glitt so selbstverständlich über den Körper, als sei er ein Teil von ihm. Anschließend sah die Tote weniger tot aus, sondern nur, als sei sie vor Erschöpfung kurz eingeschlafen.

Mit einer sachten Bewegung verschloss ihr Jim die Augen, was den Eindruck, eine Schlafende vor sich zu haben, verstärkte. Er wusste plötzlich, er würde den Leichnam hier sitzen lassen. Alles andere war zu aufwendig und barg zudem die Gefahr der Entdeckung. Sollte ihn in naher Zukunft jemand begleiten, so müsste er sich eben erklären und denjenigen auf den Anblick vorbereiten. Ansonsten würde die geheime Zug-Linie hoffentlich vorerst nicht gefunden.

Als der Zug auf einmal anhielt, merkte Jim, dass er sich wieder dort befand, von wo aus er gestartet war. Und zwar an der Grenze zwischen den simulierten Erdlandschaften und den Hallen-artigen Gängen, die zum Klon-Institut führten. Dorthin wollte er auf keinen Fall zurück, also entschied er sich für die vor langer Zeit angelegte Erd-Natur, wo er hoffentlich niemandem über den Weg laufen würde.

Jim schulterte sein Gepäck, und lauschte bei geschlossener Tür, ob sich in der Nähe des geheimen Bahnhofs etwas tat. Nach einigen Augenblicken der Ruhe ließ er die Tür aufschnappen und huschte hindurch. Dieses Mal sah er zu, dass er die Tür sorgfältig hinter sich verschloss und außerdem den Eingang zu dem geheimen Bahnhof unkenntlich machte.

Nicht weit davon weg schaute er sich in der künstlichen Erdlandschaft gründlich um. Außer ihm war kein Mensch zu sehen oder zu hören, nur einige Tiere des Waldes kreuzten hastig seinen Weg oder spähten ihn aus dem Unterholz an. In seinem gesamten Umkreis rauschten Wasserfälle an Farn-bewachsenen Felsvorsprüngen hinab.

Von lange vergangenen Schäferstündchen her wusste Jim von einer Grotte hinter einer Wasserwand, die von außen kaum einsehbar war. Als er durch das Wasser dort hinein kletterte, war er zwar klitschnass geworden, konnte aber erleichtert feststellen, dass es kaum ein besseres Versteck gab. Er war, wie er fand, am richtigen Ort für sein Vorhaben.

In der geheimen Grotte

Sicherlich wäre es anders gelaufen, wenn er von Vater und Mutter jeweils ein einzelnes Hologramm entworfen hätte, aber auf diese Idee kam Jim gar nicht. Statt dessen saß er eine Weile frierend auf den kühlen Steinen herum, betrachtete abwechselnd die tropfnassen Wände und die malerische Außenkulisse und sann darüber nach, was er seine Eltern eigentlich fragen wollte.

Schließlich kam er zu dem Schluss, dass er von ihnen im Grunde wissen wollte, ob sie seine Lage ähnlich katastrophal einschätzten wie er. Und natürlich erhoffte er sich in irgendeiner Form Trost und Zuspruch, vielleicht inklusive einer Empfehlung, was er in dieser Notlage unter Umständen tun konnte oder wie ihr zumindest möglichst lebend zu entkommen sei. Wenn er sich mit ihnen gemeinsam beriet, so hoffte er inständig und naiv wie ein kleines Kind, würde bei beiden sicher der Stolz und die Sorge über ihren Nachkommen überwiegen und sie würden ihn nach Kräften unterstützen. Das redete er sich solange ein, bis er davon restlos überzeugt war.

¤ ¤ ¤ ¤ ¤

Nach einer Weile erhob er sich und begann, den Identifikator aufzubauen, was sich auf dem unebenen Boden recht schwierig gestaltete. Einen bangen Moment lang fürchtete Jim neben einem wegen der hohen Feuchtigkeit oder leerer Batterien funktionsuntüchtigen Gerät zu sitzen, aber dann sprang es mit einem leisen Surren ziemlich bald an. Erleichtert griff er zu den Erbgut-Proben seiner Eltern und warf etwas davon in einen Teil der Maschine, der sie aufjaulend atomisierte.

Gespannt starrte Jim in den Lichtkegel an der Höhlenwand, aus dem sich zwei Gestalten herauszubilden begannen. Seinen Vater hätte Jim fast nicht erkannt, weil er ihn nur als Greis kennengelernt hatte. Dieser Mann im Lichtkegel war etwa in seinen Sechzigern, sah seinem Sohn schon irgendwie ähnlich, wirkte aber um so vieles männlicher, entschlossener, größer und charismatischer als dieser, dass Jim ihn bloß offenen Mundes anstarren konnte.

Das Hologramm dagegen nahm ihn nicht einmal wahr, sondern ließ seinerseits kein Auge von der anderen Gestalt, die erschienen war. Ruby Mayella Clarke war eine ausnehmend schöne Frau in ihren besten Jahren, die sich mit einem Aufschrei des Entzückens Jim's Vater in die Arme warf.

Eng umschlungen, einander hingebungsvoll küssend und jeweils den Namen des anderen flüsternd standen die beiden Hologramme im Licht des Identifikators wie auf einer Bühne zusammen und konnten ihr Glück, einander zu sehen nicht fassen. Wo sie waren oder wer sie gewesen waren, schien vollkommen bedeutungslos. Nichts zählte für die beiden, außer diesem einen magischen Moment, in dem sie einander in den Armen liegen konnten.

Nachdem er seinen Eltern eine Zeitlang zugesehen und sich mit ihnen gefreut hatte, erfasste Jim Shepard nagende Eifersucht. Wieso konnte für diese Bilder (und etwas anderes gaben die Erscheinungen kaum her), wieso konnte für diesen blanken Augenschein nichts anderes zählen als die Liebe, die sie füreinander empfunden hatten? Seine Mutter hatte doch zuletzt in einem Körper gesteckt, der nicht einmal der ihre gewesen war, einem medizinischen Notfall geschuldet, sicherlich, der aber dennoch einen anderen Menschen alles gekostet haben mochte. Und ohne den Einsatz des Vaters, der die Erde über hundert Jahre lang mit versteckten Atombomben erpresst hatte, hätten die Menschen gar nicht das tun können, was viele inzwischen offen als Massenmord bezeichneten. Nämlich *Klone* ihrer selbst *züchten* zu lassen, um sich dann ihrer *jungen Leiber zu bemächtigen*.

Doch keinen dieser beiden Verantwortlichen schien das in irgendeiner Weise zu kümmern. Sie nahmen nichts von ihrer Umgebung wahr mit Ausnahme des oder der Geliebten. Das erschütterte Jim über alle Maßen. Er wusste nicht, was er tun sollte und bereute es zutiefst, ein gemeinsames Hologramm der beiden aufgerufen zu haben. Schon fing das umschlungene Paar an, allmählich zu verblassen wie auf dem uralten Filmplakat eines Liebesfilms von der Erde.

„Nein!", brüllte Jim. „Ihr dürft … ihr dürft doch nicht einfach so gehen. Vater! Mutter! So hört mir doch zu! Ich bin es doch, euer Sohn! Das Kind eurer Liebe! So wendet euch mir doch zu, ich bitte euch inständig!"

Erneut musste er an Ovid denken. An das hilflose Flehen der Angehörigen um ihre verlorenen Liebsten, an die altertümlich wirkende Verzweiflung, die der Autor niemals müde geworden war zu beschreiben und die auch Jim an den Tag legte. Was ist es feucht hier drinnen, dachte er, bis er merkte, dass es Tränen waren, die seine Wangen netzten.

¤ ¤ ¤ ¤ ¤

79

Seine Stimme hatte sich zu einem schrillen, heiseren Dauergeschrei gesteigert, was die beiden Liebenden endlich veranlasste, sich höchst unwillig voneinander zu lösen und ihm ihre Häupter zuzuwenden. Ihre Gesichter aber hatten so gar nichts von denen wohlmeinender Eltern zu bieten.

„Was für ein Sohn? Ich brauche keinen Sohn, habe mir nie Kinder gewünscht", raunte der markige Typ, der sein Vater sein sollte. „Wir haben in dieser Welt das *Klonen* für uns gefunden und das reicht uns vollkommen. Nachkommen sind keineswegs mehr nötig." Damit wandte er sich ein weiteres Mal der Frau zu, die Jim's Mutter abgeben sollte, nahm ihr Gesicht zärtlich in seine Hände und sagte mit einer völlig veränderten Stimme zu ihr. „Mein Liebling! Dass uns dieser Moment geschenkt wird ..."

„Das verdankt ihr niemandem sonst als mir! Eurem gemeinsamen Sohn!", brüllte Jim dazwischen. Ihm dämmerte so langsam – spät genug - , dass er Erbgut-Proben aus einer Zeit verwendet hatte, in der auf Daddy munter geklont und bevor er gezeugt worden war. Kein großes Wunder eigentlich, dass er für die beiden keine Rolle spielte.

Seine schöne Mutter schenkte ihm immerhin einen müden Blick. „Für diesen Moment sind wir dir sehr dankbar. Wer immer du bist", stieß sie heiser flüsternd hervor. „Es ist so herrlich, die Liebe seines Lebens wieder in den Armen zu haben, das musst du doch verstehen! Sag mir, hast du je geliebt in deinem Leben, wirklich und wahrhaftig geliebt? Begreif doch, dieser Mann ist für mich alles gewesen. Nur dieser eine, sonst keiner, niemals. Sicher, ich habe Kinder, aber mein Sohn ist längst erwachsen und klont schon selbst und meine Tochter ... ach, meine Tochter. Immerzu will sie sich das Leben nehmen, das dumme Ding. Dabei ist das Leben doch alles, was zählt, das Leben und die Liebe! Shaun Trevor, ach, mein Shaun Trevor!" Sie warf sich ihrem Geliebten abermals in die Arme und das war das Letzte, was ihr Sohn von seinen Eltern sah.

¤ ¤ ¤ ¤ ¤

„Shaun Trevor! Ach, mein geliebter Shaun Trevor!", äffte Jim Shepard sie nach, als er wieder allein im Dunkel seiner nassen Grotte saß. Er war unendlich enttäuscht von dieser Begegnung und fühlte sich wie schwer vor den Kopf geschlagen.

Aber was hatte er eigentlich erwartet, von diesen *klonenden Egomanen*? Die in ihrer Heimat alles aufgegeben hatten, um sich in der Fremde ihre eigenen, fürchterlichen Gesetze zu machen! Seiner Mutter, die seine Geburt nicht überlebt hatte, konnte er ja noch verzeihen. Und er erinnerte sich schwach daran, vor über zwanzig Jahren bereits einmal aus ihrer Urnen-Asche ein Hologramm erzeugt zu haben. Das hatte nur ein paar kurze Sequenzen ergeben, in denen sie kaum zu erkennen gewesen war und unter dem Eindruck ihres schrecklichen Todes gestanden hatte. Damals war ihr wohl nicht klar gewesen, dass ihr Sohn vor ihr stand, doch hatte sie einfach Vergebung erfleht, was Jim sehr geholfen hatte, die Begegnung zu verkraften – damals. Doch damals war nicht dasselbe wie jetzt, räumte er zähneknirschend ein.

Gut, sie ist halt eine Frau in einer sehr schweren Situation gewesen. Aber von diesem Vater, der nie einer war, habe ich ein- für allemal genug, dachte er bockig. Und versuchte längere Zeit den Schmerz darüber, dass er anscheinend jedem Menschen egal war, irgendwie weg zu atmen.

Als er es hinter sich auf einmal leise klirren hörte, sich erstaunt umdrehte und zu seiner Überraschung eine ungeöffnete Flasche Weinbrand aus einer Bodenkuhle zog. Wie kam denn das? Er starrte das Ding in seiner Hand verblüfft an. War es ein vergessenes Überbleibsel jener Treffen mit einer schönen Dame damals? Oder hatte jemand anders, der diesen Platz ebenfalls kannte und zu einem ähnlichen Zweck aufgesucht hatte, die Flasche hier vergessen?

Ehe er es sich versah, presste Jim die Flasche an seine Brust und begann unkontrolliert zu schluchzen. Eine Flut von Tränen brach sich über dem gut gereiften Weinbrand Bahn. Dem Schwerenöter Shepard war etwas in den Sinn gekommen. Etwas, das ihm im Nachhinein das Herz brach, während er zuvor nie daran gedacht hatte.

Sein ignoranter Herr Vater war nämlich beileibe nicht der einzige, dem Kinder völlig gleichgültig gewesen waren. Auch den Sohn hatte es nicht im geringsten geschert, ob oder wann eine seiner Gespielinnen ein Kind von ihm ausgetragen hatte. Oder was aus diesem Kind oder, was eher der Fall war, diesen Kindern, später einmal wurde. Oder was beispielsweise aus ihnen und den anderen Kindern auf Daddy würde, wo er, der sich nie etwas aus ihnen gemacht hatte, ihnen nicht mehr helfen konnte. Bei dem, was ihnen unter der gnadenlosen Herrschaft der großgewachsenen Damen von der Erde blühte. Die zwar ständig an ihre eigenen, vielen Kinder dachten, dafür aber garantiert nicht an seine, Jim's Kinder, oder an andere Kinder. Das stand ihm so klar vor Augen, als richte er seinen feuchten Blick in grellstes Licht.

Jim schraubte die Flasche auf und soff den Weinbrand in langen Zügen. Seine ganze Sippe tat ihm unendlich Leid, doch glaubte er, für niemanden mehr etwas tun zu können, erst recht nicht für seine Kinder, von denen er die Anzahl nicht kannte, wo sie sich aufhielten oder welchen Geschlechts sie waren.

Abwechselnd wurde Jim von heftigstem Schluchzen geschüttelt und von seinem Trinkzwang überwältigt. Zwischendurch versuchte er, vor sich hin murmelnd ihrer aller Vergebung zu erflehen. Schaut mich doch an, lallte er schließlich besoffen und selbstmitleidig vor sich hin. Was ist nur aus mir geworden? Das einzige, was ihn ein bisschen erleichterte, war die Vorstellung, kein Hologramm zu sein, was jemand von ihm abrief.

Philemon und Baucis

Stramm wie ein Amtmann rappelte sich der ehemalige Regent des Planeten Daddy schließlich auf, warf die gefundene und so rasch geleerte Flasche im hohen Bogen von sich und schickte sich an, den Schauplatz seiner neuerlichen Verzweiflung zu verlassen. Dabei glitt er auf den rutschigen Steinen aus, kippte vornüber in den Wasserfall vor der Höhle und klatschte laut, aber nicht allzu hart und tief in den Teich darunter. Fluchend erklomm er anschließend dessen Rand und schüttelte sich wie ein nasser Hund.

Vor dem Eingang des geheimen Bahnhofs suchte er murrend zwischen Steinen und Sand nach dem Modul, das er hier versteckt hatte. Nach einiger Zeit fand er es, öffnete und verschloss Bahnhof und Zugtür hinter sich und ließ sich drinnen schwer neben die tote Riesin fallen. „Eines Tages", drohte er ihr völlig sinnlos. „Eines Tages werden Sie sich für alles ver ... antworten müs ... sen, gnä' Frau! Ich sage Ihnen, es kommt ... der Tag, wo Sie ... wo Sie vor Gericht ..."

In dieser Weise sülzte er sie schwer lallend voll, bis er verharrte, weil ihm offenbar etwas einfiel. „Und ich, gnä' Frau ... ich werde ... werde ... mich wohl auch zu ver ... antworten haben. Wasch .... wahrscheinlich eher als Sie!" Er stieß schuldbewusst auf, wiegte den schweren Kopf bedächtig hin und her und versuchte endlich, die Kette der Toten vom Boden aufzuheben, um sie ihr um den Hals zu hängen. Als das nicht klappte und er sie nicht zu sehr mit seinem alkoholschwangeren Atem belästigen wollte, klemmte er ihr die Kette einfach zurück in die Hand, wozu er ihr „das wird Ihnen sowieso ... lieber sein für das, was sie ... was sie mit mir vor ... hatten, Teuerste!" ins tote Ohr lallte.

Dann begann er unvermittelt zu weinen, weil er sich seiner ganzen Versäumnisse und Schandtaten erinnerte, bis der Zug auf einmal so plötzlich stoppte, dass er und die Tote von den Sitzen kippten und ineinander verkeilt wie enge Tänzer über den Zugboden rollten.

Mit einem lauten Schrei befreite er sich, stieß den Leichnam, der ihn aus offenen Augen ekelhaft wie eine Puppe anstarrte, vehement von sich und langte nach seinem Modul, das ihm anzeigte, wo er war. Es war eine Stelle, von wo aus es nicht weit bis zur Oberfläche des Planeten war.

„Warum denn nicht? Warum denn nicht ein … fach dort hin? Da oben kann ich doch gut sterben, da bin … da bin ich doch glück … lich gewesen, ei … niger … maßen we … nigstens", beriet er sich brabbelnd und murmelnd mit sich selber, nachdem er die Tote schwer atmend auf ihre Bank befördert und ihr erneut die Augen verschlossen hatte, was sich wegen der einsetzenden Totenstarre nicht mehr so problemlos gestaltete wie zuvor.

¤ ¤ ¤ ¤ ¤

Also ab nach oben. Irgendwie gelangte er dorthin, sich mühsam an Höhlenwänden abstützend, zum Teil auf allen Vieren, Wege einschlagend, wieder umkehrend, bis er endlich ein paar Stufen erklomm, einen künstlichen kleinen Erd-Mond beiseite schob,

den hier vor unendlich langen Zeiten ein heimweh-
kranker Witzbold angebracht hatte. Dann endlich
stieß Jim die Luke zur Oberfläche auf. Hatte er unglaublich zugenommen? Es wollte ihm kaum gelin-
gen, seinen Körper durch die Öffnung zu quetschen.

Draußen war es still und sehr dunkel. Ein paar Stern-
schnuppen kreuzten in der Ferne den Himmel. Weil
er nicht wusste, was er sich wünschen sollte, ließ sich
Jim schwer auf den nackten Feldboden nieder, der
sich angenehm warm anfühlte.

Es war gefährlich hier, das wusste Jim und beachtete
es doch nicht. Die Strahlung, welche die Menschen
krank gemacht hatte, zumindest die, welche hier
oben hatten ausharren müssen. Von der Gefahr
plötzlicher Gewitterstürme gar nicht zu reden, bei
denen man den ständigen Blitzen schutzlos ausgeliefert war … .

Es stimmte ja, er sollte besser nicht hier sein. Doch
fühlte er sich nur an diesem Ort auf einmal seltsam
wohl und geborgen, streckte sich stöhnend auf dem
warmen Boden aus, um sogleich tonnenschwer und
als sei er ein Stein, tief einzuschlafen.

Sogar in dem beginnenden Schlaf, in seiner ganzen
trunkenen Besinnungslosigkeit, ließ Jim der Autor
aus längst vergangenen Erdzeiten nicht los. Jim

lauschte der dunklen Stimme, von der er nicht hätte sagen können, wem sie gehörte. War er es, der erzählte, oder sein Vater, General S.T. Shepard, der alle gezwungen hatte, sich das Zeug anzuhören? Oder war es Edward Elias Johnson, der ihn einmal gezwungen hatte, sich eine Geschichte anzuhören und den er selbst ebenfalls einmal dazu verdonnert hatte.

Oder war es vielleicht Ovid oder jemand Unbekanntes – jedenfalls lauschte Jim dem raunenden Tonfall ganz gern und er genoss es, bei dieser Geschichte, die ihm im Schlaf erzählt wurde, einmal nichts mit Mord und Totschlag zu tun zu haben. Ach, wie erholsam und angenehm in dieser grausamen Zeit. In der er sich einsam fühlte wie nie zuvor in seinem Leben und in der ihm anscheinend wirklich jede und jeder ans Leder wollte.

Er atmete tief ein und warf einen verschwommenen Blick auf den unspektakulären Himmel über Daddy, der wie stets dämmerdunkel, wolkenverhangen mit ein paar spärlichen Sternen oder den von ihnen kaum zu unterscheidenden drei fernen Sonnen dazwischen aufwartete.

Worin bestand der Unterschied zum Einschläfern, wenn er jetzt einnickte, um nie mehr zu erwachen, so wie es diese großen, starken, stets Recht habenden Besserwisserinnen von ihm forderten? Und behielten sie am Ende recht? War er womöglich wirklich bloß unfähig und schuldbeladen? Und selbst der allergrößte Verräter, weil er eben gerade in dieser überaus schwierigen Lage die Seinen allesamt im Stich ließ.

Er schloss die Augen, um sich dem Gemurmel in seinem Kopf hinzugeben. Dann wollte er sein Schicksal eben annehmen. Es gab sicher schlimmere Arten des Dahinscheidens, stieg es aus seinem Unterbewusstsein tröstlich empor. Und es würde ohnehin nie jemanden anders ernsthaft interessieren, während ihm immerhin die Seinen eingefallen waren. Wenn auch nur kurz und in besoffenem Zustand. Na ja.

Und so schlief er ein als das einsame Kind, das er von jeher gewesen war und dem endlich jemand, wer immer es war, eine Geschichte vorlas.

¤ ¤ ¤ ¤ ¤

„Unermesslich und schrankenlos ist die Macht des Himmels. Und alles, das die Götter wollen, dass geschieht – und das du das nicht mehr bezweifelst. Nahe bei einer Linde steht eine Eiche auf Phrygiens Hügeln, von einer niedrigen Mauer umgeben.

Ich sah selber den Ort, als Pitheus mich in die Gefilde entsandte, die einst Pelops, sein Vater, beherrschte. Nicht weit davon ist ein See. Ehedem besiedeltes

Land, jetzt aber ein sumpfiges Gewässer, das Haubentaucher und Blässhühner bewohnen. Jupiter kam hierher in Menschengestalt und mit seinem Vater, Merkur, doch ohne Flügelschuhe. Sie gehen vor tausend Häuser und bitten um Herberge und Nachtlager. Aber fest sind alle tausend Häuser verriegelt.

Eins nimmt sie trotzdem auf. Zwar nur klein und mit Stroh und Schilf gedeckt, doch die fromme alte Baucis und Philemon, alt wie sie, hatten sich in jenem Haus in den Jahren der Jugend liebend verbunden, waren in jenem Haus miteinander alt geworden und hatten sich darin ihre Armut leicht gemacht, indem sie sie frei bekannten und willig ertrugen. Es macht keinen Unterschied, ob man dort nach der Herrschaft, nach der Dienerschaft fragt, denn der ganze Hausstand sind die zwei. Sie dienen und gebieten zugleich.

Als nun die Himmlischen zur schlichten Behausung der beiden kamen und sie gebückt durch die niedere Tür betraten, forderte sie der Greis dazu auf, sich auszuruhen und stellte ihnen eine Bank hin, über die Baucis geschäftig eine krumme Decke breitete.

Dann stochert sie auf dem Herd in der warmen Asche und weckt die von gestern noch glimmende Glut, nährt sie mit Laub und trockener Rinde und bläst mit ihrem schwachen Atem, bis sie hell aufflammt. Sie holt gespaltenes Holz und dürres Reisig vom Boden, zerknickt es und schiebt alles unter den kleinen Kessel und blättert den Kohl ab, den ihr Mann im wohlbewässerten Garten geerntet hat. Philemon aber langt mit zweizinkiger Gabel eine rußige Speckseite vom Balken herunter, schneidet von dem lang bewahrten Vorrat ein Stückchen ab und lässt es im siedenden Wasser weich kochen.

Währenddessen unterhalten beide die Gäste durch ihr Geplauder und lassen ihnen die Zeit nicht lang werden.

Dort hing ein Bottich aus Buchenholz mit seinem gebogenen Henkel an einem Nagel. Nun wird er mit lauem Wasser gefüllt, damit die Gäste ihre Füße wärmen können. Mitten im Raum ist ein Lager aus weichen Binsen gerichtet, deren Gestell und Füße aus Salweiden-Holz sind. Darüber breiten die Alten ein Laken, das sie nur an Festtagen aufzulegen pflegen. Aber auch dieses Laken ist schlicht und alt, es braucht sich des Weidengestells nicht zu schämen. Nun lagern sich die Götter zum Mahl.

Dienstfertig und zitternd stellt Baucis den Tisch vor sie hin, doch sein drittes Bein ist zu kurz - eine Scherbe gleicht den Mangel aus. Und als das geschafft ist, wird die Platte mit grüner Minze abgewischt. Jetzt kommen grüne und schwarze Oliven, die Gabe der keuschen Minerva auf den Tisch, herbstliche Kornelkirschen, in reiner Weinhilfe eingemacht, Endiviensalat und Rettich, Dickmilch und Eier, die behutsam in der nicht zu heißen Asche gewendet wurden.

All das reicht man auf irdenem Geschirr. Dann werden der Mischkrug, er ist aus dem gleichen edlen Stoff gefertigt und die Becher aus Buchenholz gebracht, die inwendig mit gelbem Wachs verklebt sind. Nach einer kleinen Weile entlässt der Herd die warmen Gerichte. Dazu gibt es nochmals Wein, freilich keinen sehr alten. Bald wird er zur Seite gestellt und macht dem Nachtisch Platz. Hier sind Nüsse, hier runzlige Datteln mit Feigen gemischt, Pflaumen und duftende Äpfel im flachen Körbchen und purpurne Trauben, frisch vom Weinstock gebrochen. In der Mitte prangt weiß schimmernd eine Honigwabe. Vor allen Dingen kommt noch das freundliche Gesicht der Gastgeber hinzu und ihre beflissene, freigiebige Gutherzigkeit.

Im Lauf der Zeit bemerken die beiden Alten, dass sich der Mischkrug, aus dem sie doch schon oft geschöpft haben, von selbst wieder füllt und ohne jemandes Zutun der Wein mehr wird. Bei dem Wunder überfällt sie ein Grauen und bebend erheben sie ihre Hände zu ihren Gästen und bitten und flehen, die schlechte Bewirtung zu entschuldigen. Eine einzige Gans, die Wächterin des kleinen Gehöfts, war noch da. Sie wollten die beiden für ihre göttlichen Gäste schlachten, doch sie flattert rasch hin und her, macht ihren altersschwachen Verfolgern schwer zu schaffen und hält sie lange zum Narren. Am Ende nimmt sie, so scheint es, ihre Zuflucht zu den Göttern selber. Die Himmlischen verbieten sie zu töten und sprechen: *Götter sind wir und verdiente Buße wird jetzt eure ruchlose Nachbarschaft zahlen. Ihr allein sollt von diesem Strafgericht ausgenommen bleiben. Verlasst nur eure Hütte, begleitet uns und kommt mit uns hinauf auf den Hügel.*

Beide gehorchen. Die Götter schreiten voran, die schwachen Alten aber steigen auf ihre Stäbe gestützt nur mit Mühe den langen Berghang hinan. Sie waren noch so weit vom Gipfel entfernt wie ein abgeschossener Pfeil fliegt, da blickten sie sich um und sehen, dass die ungastlichen Häuser versunken sind und fragen, wo denn ihr Hof, ihre gottgefällige Hütte sei. Sie allein stand noch, die sich den großen Göttern gastlich gezeigt hatte.

Während sie darüber erstaunt sind und das Schicksal ihrer Verwandten beweinen, wird die alte Hütte, die selbst für ihre beiden Bewohner zu klein war, zu einem Tempel. Säulen ersetzen die Stützbalken, das

Stroh auf dem Dach beginnt zu glänzen und verwandelt sich in Gold. Mit erhabener Arbeit geziert ist die Tür, der Boden mit Marmor bedeckt.

Da spricht Jupiter mit freundlichem Gesicht. *Sag, du redlicher Greis und du, eines so redlichen Mannes würdiger Gattin, was wünscht ihr euch?*

Mit seiner Baucis beredet sich kurz Philemon und eröffnet darauf den Himmlischen diesen gemeinsamen Ratschluss. *Priester zu sein und euren Tempel zu hüten! Das verlangen wir. Und da wir in Eintracht unser Leben zugebracht haben, ende es auch für beide zur selben Stunde. Damit weder ich das Grab meiner Gattin sehen, noch sie mich unter den Hügel bringen muss.*

Dieser Wunsch wird ihnen gewährt. Sie waren Hüter des Tempels, solange sie lebten. Doch als sie einmal gebeugt von der Last ihrer Jahre vor den heiligen Stufen standen und von dem wechselvollen Schicksal des Ortes sprachen, sieht Laub aus ihrem Philemon Baucis sprießen und seine Baucis sieht umlaubt der noch etwas ältere Philemon.

Auch als schon über dem Antlitz der beiden eine Baumkrone wuchs, wechselten sie noch Worte miteinander, solange es möglich war. Zugleich sagten sie *Lebewohl, mein Alles* und zugleich verschloss beider Mund die Rinde. Bis auf den heutigen Tag zeigen die Phrygier dort, nahe nebeneinander die Bäume, die aus zwei menschlichen Körpern entstanden.

Glaubwürdige alte Männer, die keinen Grund hatten, mich zu belügen, erzählten mir diese Geschichte. Und ich selbst sah Kränze an den Ästen hängen und sprach zu mir, als ich welche dazu hängte: *Götter sind die Diener der Gottheit geworden. Und die sie verehrten, seien nun selbst verehrt.*

Er schwieg – und beides, die Erzählung und der Erzähler hatte auf alle tiefen Eindruck gemacht."

¤ ¤ ¤ ¤ ¤

Na gut, dachte der Erwachende, derweil ihn ein mächtiger Kater mit grausamen Kopfschmerzen zu plagen begann. Das war definitiv heilsam, versöhnlich, wundervoll friedlich und Götter können offenbar auch einmal vergleichsweise milde gestimmt sein. Sicherlich, entschied er, das war alles tatsächlich so und völlig richtig.

Aber was konnte das Ganze mit ihm und seiner hoffnungslosen Lage zu tun haben? Weder war er so rechtschaffen wie diese beiden Leute in der Geschichte, noch glücklich verpaart und erst recht nicht so alt, dass ihm bereits das Laub aus der Nase wuchs. Und nach einem Happy-End sah es in seiner eigenen Geschichte leider so gar nicht aus.

Riesig, wundersam leuchtend und angsteinflößend mit ihren zuckenden Gewittern begann sich - nach der eher unscheinbaren und wie die übrigen recht weit von Daddy entfernten fünften Sonne - das Monstrum Sonne Nummer Eins über den Horizont zu schieben, wobei sie die Umgebung in ein unwirkliches Licht tauchte. Kurz wünschte sich Jim, es möge ihn endlich einer ihrer gefürchteten Blitze treffen, da revidierte er diesen Wunsch gleich wieder.

Weil er feststellte, dass er diesen Platz, an dem er lag, aus seinen glücklichsten Tagen mit Island kannte. Hier war es doch gewesen, wo er mit ihr im Arm auf dem warmen, nackten Fels gelegen und die Welt für ein paar Augenblicke hatte vergessen können. Hier konnte er nicht aufhören, sie anzuschauen, mit ihrer schimmernden Haut, die von dem vielen Kupfer kam, das ihr Dr. Weis des öfteren zur Ableitung der vielen Strahlung direkt in die Adern injizierte.

Wie viel das im Endeffekt brachte, beschäftigte Jim nicht weiter. Er hatte sich an dem Anblick erfreut und über Island's sonderbare Augen gestaunt. Dazu hatte er es die ganze Zeit über geliebt, sich von ihr erzählen zu lassen, wie die Menschen hier draußen lebten. Was für Tiere sie jagten (hauptsächlich Rieseninsekten, Riesenhechte, die in den Kloaken-Gewässern schwammen oder Hunds-große Ratten) und

wo sie und die anderen Schutz vor den vielen Un-
wettern suchten.

Jetzt, wo sich die Umgebung friedlich gab und man
sich das sonst so häufige, schlechte Wetter kaum vorzustellen vermochte, wandte Jim den Kopf und sah
Island neben sich liegen, den Kopf seitlich auf ihren
Armen geborgen und in tiefem Schlummer versunken.

Hoffnung

Alles an ihr funkelte, wie es immer gefunkelt hatte.
Und als Island ihre Augen aufschlug, begann eines, -
unabhängig davon, was sie mit ihren Augen auf der
Erde hatte anstellen lassen - , wie früher magisch zu
leuchten und das andere zog mit und begann, sich
dem alten Zauber artig unterzuordnen. Als ob es so
sein müsste und es nichts anderes gäbe auf dieser
Welt oder an diesem Platz.

Jim konnte spüren, wie ihm das Herz schmolz, weil
er nie in der Lage sein würde zu entscheiden, welches ihrer Augen das besondere war.

„Was machst du denn hier, Island?", fragte er
schwach und „Hier bei dir sein. Was sonst?", gab sie
leise und erwachend zurück. Und dann gähnte sie
und reckte und streckte sich wie ehedem, als könn-

ten nichts und niemand ihrer beider guten Aussichten trüben.

¤ ¤ ¤ ¤ ¤

Sie schliefen miteinander und er schaffte es, seinen vorangegangenen Rausch genauso zu vergessen wie alle Probleme und Bedenken der jüngsten Zeit. Ihre Begegnung war für beide intensiver als früher. Sie entdeckten einander gewissermaßen in ganz neuer Weise. Fast als seien sie in ihren jungen Jahren zu wenig fokussiert gewesen und würden erst jetzt merken, was *ein Körper an dem anderen* hatte.

Aber natürlich tat die Erinnerung ein übriges. Beide genossen es, dass sie einander blind verstanden und so, als ob kein Augenblick vergangen sei und kein Ereignis jemals wirklich in der Lage gewesen wäre, sie beide zu trennen.

Nur dass er merkte, wie unfassbar hungrig er mittlerweile geworden war. Als sei ihr nichts geläufiger als dies, räkelte sich Island erneut ausgiebig und zog dann aus einer Ecke einen gut gefüllten Picknickkorb hervor. „Tee oder Champagner?" fragte sie ihn dazu beiläufig. Und tat mehr oder weniger glaubhaft so, als habe sie seine vorherige Verfassung nicht mitbekommen.

Kurz monierte Jim leicht und nicht ernsthaft verärgert, dass Island wohl ihr Leben lang dazu neigen würde, sich über ihn lustig zu machen und verlangte dann nahezu alles, was der Inhalt des Korbes hergab. Island tischte freigiebig auf, den nackten Fels zuvor mit einem gemusterten Deckchen ausstaffierend.

„Es tut gut, etwas zu essen zu haben, bevor unsere monströsen Ladies auf ihrem Vorfutter-Recht bestehen und uns allen die Haare vom Kopf fressen", konnte er sich wenig später nicht enthalten zu sagen, auf einem unsagbar köstlichen Häppchen herumkauend. Island verscheuchte den Gedanken sofort mit lässiger Geste. „Ach, momentan sieht es eher nicht so aus. Die Damen sind mit sich und ihrem Fortkommen beschäftigt, wie eigentlich meistens".

Sie richtete den Blick auf die Sonne Nummer Eins, die über ihnen zusehends gewaltiger wurde. Lange würden sie beide hier nicht mehr in der Lage sein, so friedlich zu tafeln.

Sie blieben jedoch, schwiegen, schauten einander an, aßen und tranken, bis Jim sich ein Herz fasste und zu ihr zu sprechen begann. „Island, ich bin alles andere als ein Engel, was inzwischen dem gesamten Planeten bekannt sein dürfte. Aber ich würde in dieser furchtbaren Lage, in der wir stecken zu gern wissen, inwieweit wir einander trauen können. Oder ob du mit mir ähnliches vorhast wie die Scylla aus Ovids Geschichte in den *Metamorphosen*, welche einst unser *Herrscher des Planeten*, der Idiot Edward Elias Johnson, so treffend zitiert hat. Du weißt schon, das Mädchen Scylla, dass seinen Vater an die Feinde verraten hat."

Sie ließ sich mit der Antwort für seine Begriffe unendlich lange Zeit, während sich das planetare Ungeheuer mit Donnergrummeln und zuckenden Blitzen langsam über ihnen auszubreiten begann. Jim konnte nur hoffen, dass Island einschätzen konnte, wann die Gefahr ernst würde und wie lange sie hier einigermaßen sicher auf den Felsen sitzen bleiben durften. Unwillkürlich fing er schon einmal an, das herumliegende Picknick-Geschirr einzuräumen.

„Jim, das kannst du leider gar nicht genau wissen und ich weiß es im Grunde selber nicht", sagte sie schließlich. „Wie du anhand eigener Erfahrungen feststellen konntest, sind wir alle fehlbar und so, wie du dich jetzt fühlst und bewerten magst, was du tust, genau so habe ich mich mein Leben lang gefühlt.

Ich bin bloß ein Mensch, dazu eine Frau und es stimmt ja, dass ich ziemlich viele Leute verraten und verlassen habe. Nur dass ich das - und das musst du mir bitte glauben - , niemals aus Bosheit oder Habgier getan habe. Sondern aus purer Not heraus und das jedes Mal.

Das hat dieser Frauenhasser Edward Elias Johnson niemals kapiert. Dass ich mich nie beispielsweise wie diese Scylla aus seiner Story Hals über Kopf in jemanden verknallt und dann alles in Frage gestellt habe. Nein, es war jedes Mal das blanke Überleben, das mich dazu getrieben hat."

Nach diesen Worten senkte sie den Blick, machte abermals eine lange Pause, um dann sichtlich bewegt fortzufahren. „Freilich bis auf dieses eine Mal, wo ich als jugendlicher Querkopf während der Revolution meinen vermeintlich klonenden Vater habe töten wollen. Das ist mir, wie ich dir erzählt habe, nicht gelungen. Weil er bereits tot war. Und er ist von deinem Vater umgebracht worden, Jim, was wir beide sehr wohl wissen! Ich habe dich diesbezüglich nie belogen. Und das ist es, worum ich dich nach all den Jahren inständig bitte, Jim! Glaub' mir endlich!"

Sie blickte ihm offen in die Augen, während sich um sie beide herum ein kalter Wind erhob. „Ich sage dir das, weil ich nicht möchte, dass du schlecht von mir denkst. Außerdem finde ich, dass es an der Zeit ist, dass du merkst, nicht alles im Leben lässt sich durch männliche Cool- und Cleverness regeln!", fügte sie hinzu und wirkte inmitten der Wetterkapriolen zauberhaft, jung und wild wie damals, so dass er den Blick gar nicht von ihr wenden konnte.

„Und wo wir schon einmal dabei sind, Jim. Unser lieber guter Dr. Weis hat mir niemals im Leben etwas getan! Ich habe das nur behauptet, um wenigstens mein eigenes Überleben für eine Weile zu sichern. Ich habe mir bei diesen Miststücken nicht anders zu helfen gewusst und es tut mir unglaublich Leid um unseren armen Doktor."

Ihre schönen, seltsamen Augen hatten sich jäh mit Tränen gefüllt, als sie ausrief, „Nie ist jemand so gut zu mir gewesen wie er! Du gleich gar nicht, Jim. Und mir ist klar, dass ich unseren armen Doktor durch gar nichts hätte retten können. Du merkst ja inzwischen hoffentlich, wie dieser neue Menschenschlag tickt, da kennt keiner so etwas wie Erbarmen. Es ging auf der Erde erheblich schlimmer zu als hier, mittlerweile kannst du dir das sicher vorstellen. Ja, ich bin von Dr. Weis vermutlich geliebt worden, Jim, sonst wäre er meiner Mutter und mir ja wohl kaum auf die Erde gefolgt. Aber ich habe …", - sie stockte und wischte sich die Tränen aus dem Gesicht - „… ich habe ihm nicht helfen können und eigentlich bin ich bloß hier, weil ich versuche, wenigstens dir zu helfen, Jim. Was immer zwischen uns war, du warst und bist auf ewig der einzige Mensch, der mir etwas bedeutet. Ich würde sogar sagen, *ich liebe dich.*

Und diese ... diese Leute ... du hast sie ja kennengelernt inzwischen – sie sind recht vehement in ihrer Art, weißt du, aber ...“ - und dabei setzte sich Island auf einmal sehr gerade hin und straffte die Schultern. „Bestimmt bin ich eine Verräterin und ich erinnere mich nicht, jemals etwas anderes behauptet zu haben. Ich kämpfe eben auf meine Art und dazu gehört ohne Zweifel als Mittel der Verrat.

Aber, Jim! Bevor du zu hart über mich urteilst, bedenke bitte, dass meine Art zu sein Vorteile haben kann. Gerade für dich! Denn einer Verräterin kann niemand vorschreiben, wen sie verraten wird. Dieser simplen Tatsache haben wir es zu verdanken, dass jetzt einmal diese großspurigen Damen an der Reihe sind. Weil es mir bei alldem um uns und vor allem um dich geht. Ich werde nicht zulassen, dass es dir wie Dr. Weis ergeht und mit den Damen habe ich ohnehin ein paar Rechnungen offen!“

Sie schrie diese Sätze in den mittlerweile aufkommenden Sturm, sprang dann auf, packte den Korb und seine Hand und brüllte „Oje, ich bin wohl etwas aus der Übung, was die Wetter-Verhältnisse hier oben angeht. Nichts wie weg hier!“ Und schon hetzten sie beide geduckt in dem einsetzenden Regen zu der Luke, die ihnen Zugang zu Daddy's schützendem Untergrund gewähren sollte.

¤ ¤ ¤ ¤ ¤

Er hatte keine Wahl. Er glaubte ihr. Er liebte sie und es war ihm inzwischen völlig egal geworden, was sie getan oder unterlassen haben mochte. Nicht nur um seinetwillen oder weil er in seiner derzeitigen Lage kaum wählerisch sein konnte. Sondern deswegen, weil ihm endlich gewahr wurde, wie entsetzlich grausam das Schicksal mit dieser Frau umgesprungen war.

Ihm war in seinem eigenen Leben einiges widerfahren, doch gerade das schien ihm bislang den Blick dafür verstellt zu haben, dass es nicht ausreichte, einen anderen Menschen zu lieben. Verständnis für die Lage des anderen gehörte so sehr zur Liebe wie alles andere. Das merkte er jetzt.

Tief beschämt verstand Jim, dass es dieser schwierigen und aussichtslosen Zeit bedurft hatte, um sich all dessen bewusst zu werden. In seiner bequemen, vorherigen Lage hätte er wohl gar nichts eingesehen. Und so war er nun ausgesprochen dankbar dafür, Island an seiner Seite zu haben. Sie war der einzige Mensch, den er hatte, im übrigen je gewollt hatte und der überdies greifbar und höchst lebendig neben ihm stand.

Endlich kein verschwommenes Trugbild von einem Hologramm mehr, von dem er sich irgendeine Gemeinschaft, eine Erlösung von seiner abgrundtiefen Einsamkeit als Waisenkind erhofft hatte. Nur um dann um so bitterer enttäuscht zu werden!

Nein, er musste nur seine Gefährtin neben sich wissen und wie er erkannte, hatte ihm das in seinem Herzen im Grunde ausgereicht. Wenn sie damals bloß nicht gegangen wäre. Das hatte den Zugang zu seinem Herzen so lange und so fest verschlossen, aber keineswegs zu lange und zu fest, wie er erleichtert bei sich feststellte. Das war das einzige, auf das es ankam. Und so war Island nun dieser Jemand, den Jim mitnahm in seinen geheimen Zug.

Allerdings versäumte er es, sie auf die tote Riesin vorzubereiten, die dort ja in ihrem wunderhübschen Kleid saß und aussah, als ob sie schliefe. Island stieß bei ihrem Anblick einen lauten Schrei aus, hielt sich entsetzt die Hand vor den Mund, schien aber schlagartig zu erkennen, dass es sich bei der anderen um eine Tote handelte.

„Sie hat mich vergewaltigt und währenddessen musste ich sie umbringen", rechtfertigte sich Jim und nahm schmerzhaft wahr, wie unglaubwürdig das in Island's Ohren klingen musste. Doch erneut ereignete sich ein kleines Wunder, denn sie nickte nur langsam, äußerte dann vieldeutig „Lass dir sagen, dass ich mir das ausgezeichnet vorstellen kann. Besonders bei dieser Person" und begann, die Tote fachmännisch zu untersuchen.

„Wirklich?", fragte er erstaunt und folgte ihr dann zurück an die Oberfläche, wo Island die Kette der toten Generalin durch die Luke an die stürmende Oberfläche entsorgte. „Da ist sicher das Modul der Lady drin und hoffentlich ist niemand auf die Idee gekommen, sie darüber zu orten", äußerte sie dazu besorgt. „Denn dann war es das mit unserem geheimen Zug. Die Weiber sind leider ausgemacht schlau." Einmal mehr stellte Jim fest, dass wahrscheinlich gar nichts an den Reaktionen seiner Geliebten seit ihrer neuerlichen Kontaktaufnahme nach mehr als zwanzig Jahren freiwillig und ohne Not abgelaufen war.

In den Zug zurückgekehrt, überraschte ihn Island gleich ein weiteres Mal. „So völlig planlos bin ich ja auch nicht hier, mein Schatz", setzte sie an. „Und die Zeit, in der du mich nicht bei dir haben wolltest, habe ich ganz gut genutzt. Schöne Grüße von deinem Bruder soll ich dir ausrichten. Ich war bei Ewan Jesse Friggs!"

¤ ¤ ¤ ¤ ¤

„In der Psychiatrie?" Jim war aus mehreren Gründen der Mund offen stehen geblieben. Da war einmal das schlechte Gewissen, das ihn packte, weil er seinen Halbbruder in all den Jahren nicht ein einziges Mal in der Klinik besucht hatte. Für ihn war er wie tot.

Und dann vor allem, weil Island und Ewan Jesse Friggs einander damals so spinnefeind gewesen waren, dass sie und ihre Mutter hatten fürchten müssen, von ihm und seinen Leuten beseitigt zu werden. Hauptsächlich deswegen waren sie seinerzeit in Richtung Erde geflohen.

Doch nun und vor allem angesichts der bedrohlichen Lage sollten die alten Geschichten vergessen sein. „Er hat sich ziemlich verändert, weißt du. Und ich könnte mir vorstellen, dass ihr euch zum ersten Mal in eurem Leben etwas zu sagen habt", meinte Island, während sie den Zug in Bewegung setzten. Womit sie Recht behalten sollte, doch zuvor gerieten sie neuerlich in ziemliche Turbulenzen.

Nicht in ihrem, wie die offiziellen Bahnlinien paramagnetisch gesteuerten Zug, aber fast unmittelbar,

107

nachdem sie diesen verließen. Die Klinik, in der Jim's Halbbruder untergebracht war, befand sich inmitten einer der künstlichen Erdlandschaften, einer Gegend mit Wäldern und Feldern, wo sie ein winziger Hain direkt neben dem gut verborgenen Bahnhofsausgang rettete. Island schubste Jim geistesgegenwärtig hinter die vier oder fünf eng stehenden Baumstämme, als urplötzlich helle Stimmen erklangen. Island hopste sportlich wie eh und je auf den Feldweg, der neben dem Hain entlang führte, als wäre sie soeben auf diesem entlang spaziert gekommen.

Es gab ein großes Hallo und Küsschen rechts, Küsschen links mit sechs der großen Damen, die in der entgegengesetzten Richtung unterwegs waren. „Da seid ihr ja", flötete Island und „Ach, hier bist du!" rief ihr die größte und aggressivste von ihnen ansatzweise bissig zu. „Du wirst dringend gesucht, meine liebe Island!"

„Ach, von wem denn?", erkundigte sie sich betont harmlos, während Jim aus seinem Versteck heraus bemerkte, dass sich zwei der Damen in anderen Umständen befanden. Eine von ihnen war besonders hübsch und nicht so groß wie die anderen, fiel ihm auf. Vermutlich gehörte sie zu denjenigen Frauen, die sexuell geboren waren und sich später zur Klon-Frau hatte *'umbauen'* lassen, was für sich genommen auf Jim schon unheimlich wirkte. Zu seinen widerstreitenden Gefühlen gesellte sich jedoch, dass er die Schwangeren, zumal, wenn sie so hübsch und wohlfeil auftraten, an Stelle von Ablehnung direkt beschützend in den Arm nehmen wollte.

Trotz der bedrohlichen Situation mochte er sich nicht vorstellen, dass ihnen etwas passierte und er wollte auf keinen Fall, dass Island jemandem von ihnen im Falle einer Gefahr etwas würde antun müssen und sei es, um sie beide zu retten. Gegen diese archaischen Instinkte fühlte Jim sich vollkommen machtlos und das ließ ihn hinter den Bäumen stumm die Kiefer aufeinander pressen. Wo würde das bloß enden?

Island hingegen blieb äußerst nervenstark und verbindlich. „Ach, die Generalin sucht mich, obwohl sie selbst von euch gesucht wird?", rief sie gerade extralaut und munter. „Na, da kann ich euch beruhigen, ich bin ja schon von ihr gefunden worden! Sie hat sich grad vorhin bei mir gemeldet." - „Sie hat sich tatsächlich bei dir gemeldet? Ja, wo steckt sie denn bloß?" - „Keine Ahnung, danach habe ich nicht geschaut. Sie hat wohl diesen Typen, meinen Ex, gefasst und mich gebeten, später bei seiner Abwicklung dabei zu sein." - „Und, bist du auf dem Weg dorthin? Dann kommen wir am besten gleich mit!"

Aber Island machte ihnen einen Strich durch die Rechnung und schüttelte bedauernd den Kopf. „Nein, ich muss zu einem anderem Mann, der mir weit mehr Leid zugefügt hat." Sofort begann die ganze Gruppe mitfühlend zu stöhnen und sie zu bedauern, während sie ihnen Schauermärchen auftischte. „Den muss ich aber erst mal finden", schloss sie schließlich geschickt. Sobald die anderen sie endlich zu Ende bedauert hatten und wohl wissend, dass es den Damen für eine lange Suche an Geduld mangeln würde, erwähnte sie vorsorglich, wie kompliziert sich das gestalten würde, weil sie sich räumlich nach all der Zeit nicht mehr so auskannte wie früher. „Mein Orientierungssinn ist mir leider völlig abhanden gekommen", setzte sie abschließend gut platziert hinzu.

„Island, weißt du vielleicht, wo wir etwas zu essen herbekommen könnten?", fragte die hübsche Schwangere sie und es klang recht dringend. „Wir vergehen nämlich vor Hunger, weißt du? Wenn ich nicht bald etwas zu essen bekomme, gehe ich hier glatt auf die Jagd!"

„Ach, ihr Ärmsten! Das verstehe ich doch nur zu gut!" Nun war Island an der Reihe, sich mitfühlend zu geben und nur gut, dass der Picknick-Korb sicher verstaut im Zug stand, das hielt den Futterneid in

Grenzen. „Ja, lass mal überlegen", hörte Jim seine Freundin zwitschern, die scheinbar angestrengt nachdachte. „Wo bekommt ihr hier bloß etwas zu essen her? Also das mit der Jagd ist im Grunde keine schlechte Idee! Entweder schießt ihr euch hier unten ein paar Tierchen und ..."

Sofort erhob sich ein großes Genöle. Das war doch scherzhaft gemeint gewesen und erschien den Damen viel zu umständlich - „... oder – nein, ihr könnt ja nicht einfach Feuer machen", fuhr Island dessen ungeachtet und völlig unbeirrt fort. „Das wäre wegen des hohen Sauerstoffgehalts in der Luft hier überall viel zu gefährlich, da bräuchtet ihr einen speziellen Ofen und ... ."

„Hör mal, Island. Könnten wir nicht von den Bewohnern etwas Fertiges abbekommen?", wurde sie von der Großen, Aggressiven in ungeduldigem Tonfall unterbrochen. „Du merkst doch, wie dringend es ist. Wir haben ja Schwangere dabei! Da können wir doch nicht erst groß auf die Jagd gehen und so ... also Island, das musst du aber wirklich lernen, dass du nicht immer zuerst an dich denkst! Das ist ein großer Fehler, der einmal Folgen für dich haben kann. Das muss ich dir an dieser Stelle leider ganz klar einmal sagen ..."

„Ist ja schon gut, ich bitte euch vielmals um Vergebung, weil ich hier in meiner vormaligen Umgebung offenbar in alte Muster zurückfallen", flötete Island schnell und deeskalierend in die aufkommende Spannung hinein und wider Willen bewunderte sie der versteckte Jim maßlos für ihren honigsüßen, angepassten Umgang mit der hungrigen Horde. Neben der sie sich wie ein Püppchen ausmachte, das sogleich mit neuen Vorschlägen aufwartete. „Also, dann begebt ihr euch am besten so rasch wie möglich zurück an die Oberfläche und fahrt zu diesem Zweck mit dem unterirdischen Zugsystem bis zu dem Schloss für die Gesundheitstouristen."

„Dort ist es zu voll, eben weil da ja schon ganz viele von uns hingegangen sind!" - Abermals war es die kritische Riesin, die ihr sofort das Wort abschnitt.

„Oder ihr begebt euch direkt an die Oberfläche. Dahin führen doch die ganzen Luken rundum nach oben!", parierte Island gekonnt. „Das ginge dann verhältnismäßig schnell und von da aus findet ihr schon irgendwie weiter! Daddy ist ja nicht so groß."

Schweigen. Die Damen berieten sich raunend. „Du, aber, Island?" - „Ja?" - „Da ist es doch viel zu gefährlich, dort an der Oberfläche. Wegen der Strahlung und … "

Island verdrehte die Augen hin zu der künstlichen Sonne über ihnen. „Gefährlich, gefährlich ... was heißt denn gefährlich, meine lieben Schwestern?" Sie breitete in überzogener Dramatik die Arme aus, als müsse sie unaufhörlich Überzeugungsarbeit leisten. „Ich bitte euch, das ganze Leben ist gefährlich und ich habe doch jede Menge Zeit dort oben verbracht (das war nicht einmal gelogen). Ich kann euch versichern, so schlimm ist es auch nicht. Klar – dort Jahre zu verbringen, wie es bei mir der Fall war, ist nicht empfehlenswert.

Aber für eine kurze Zeit ist es kein Problem und wird ja sogar den Gesundheitstouristen regelmäßig angeraten! Zu sagen, es ist grundsätzlich gefährlich, finde ich reichlich übertrieben."

Listig ließ sie danach den übrigen zur Beratung die nötige Zeit, während Jim in seinem Versteck vor Angst fast umkam, weil er befürchtete, die anderen könnten Island zwingen, sie zu begleiten.

Nach ein paar bangen Momenten jedoch trabte der ganze Haufen ohne Island über den Feldweg davon. „Du kannst heraus kommen. Sie sind weg", zischelte sie schließlich total entspannt in Richtung der Baumstämme. Jim trat heraus und sie umarmten einander, er fast weinend vor Erleichterung.

¤ ¤ ¤ ¤ ¤

„Wir hatten wirklich Glück, weil diese Mädels wenig Ahnung haben und den unteren Rängen angehören", bekannte Island, als sie beide den langen, heißen Weg über weite Felder unter der künstlichen Sonne antraten. Jim erfuhr überdies von ihr, dass sie in ihrem Modul viele Einstellungen ausgeschaltet hatte, darunter eine, die über Menschen in nächster Umgebung informierte.

Sie hatte ihr Gerät jedoch ohne Erlaubnis auf „Leitung" programmiert, was bedeutete, dass sich die Module rangniederer Personen nach ihrem richteten und Personen in der Umgebung ebenfalls ignorieren mussten. Ein riskantes Manöver, das leicht hätte auffliegen können, wenn beispielsweise die größte und aggressivste der Klon-Frauen in der Hierarchie höher gestanden hätte als Island's Fantasie-Einstellung. Dann hätte deren Modul automatisch die Führung übernommen und Jim wäre in seinem Versteck hinter den Baumstämmen sofort geortet worden.

„Glück muss der Mensch haben", sagte Island bloß dazu, während ihm bei diesem Gedanken noch im Nachgang die Knie schlotterten. Nur gut, dass er davon in seinem Versteck keine Ahnung hatte. Ähnlich wie sein Vater war Jim in technischen Dingen wenig bewandert und nicht interessiert daran. Fahrig wischte er sich mit einem Tuch über die bereits wieder feuchte Stirn.

Island wirkte, als mache ihr die Hitze nicht das geringste aus. Und nicht nur das, sie war es, die unterwegs nicht nur einen Wasser-Vorrat auftat, aus dem sie schöpfen konnten, sondern sie erkannte einen der kleinen, fest verschließbaren Öfen in der Umgebung, die jedem zugänglich waren und es erlaubten, gefahrlos aberwitzig schnell zu backen und zu braten.

Schon zückte sie eine natürlich ebenfalls paramagnetisch gesteuerte Schusswaffe, welche automatisch und in ungeheurer Geschwindigkeit die Zusammensetzung des Gehirnwassers eines Opfers maß, im Mantel einer Patrone identische Lösungsbedingungen schuf und mit der man gar nicht anders konnte als sein Ziel zwangsläufig zu treffen.

Dieses Mal waren es ein paar Wachteln am Wegesrand, die Island so im Nu geschossen und gerupft hatte, um sie wenige Minuten später mit ein paar frisch geernteten Maiskolben herrlich gebraten aus dem Ofen zu ziehen.

„Du schlägst dich wohl in allen Welten durch, Island", sagte Jim fassungslos, als sich die beiden ihr Mahl unter einem dicht belaubten Baum schmecken ließen und sie lächelte dazu bloß und erwiderte nichts.

Die Klinik lag still und verlassen inmitten eines dicht gewachsenen Waldes. Als sie das weiträumige Gelände betreten wollten, informierte ein Schild am dem Eingangstor in Riesenlettern darüber, dass die Heilanstalt Besuchern zwar Zutritt gewähren würde, sie diese aber ausschließlich mit Erlaubnis des pflegenden Personals verlassen konnten.

Was dem Schutz der nervenkranken Insassen ebenso geschuldet sei wie dem Schutz *vor* diesen Insassen.

Dieser Zusatz wirkte in der Tat abschreckend und vielleicht deshalb oder wegen des undurchdringlichen Waldgebietes im Umkreis hatten sich bislang keine hochgewachsenen Damen eingefunden. Die es mit ihrer Ausbreitung zwar sehr ernst meinten, es andererseits im Leben aber gerne leicht hatten, wie Jim von Island umstandslos erfuhr.

Entweder war sein Nervenkostüm wirklich dünn geworden oder aber er hatte seinen Halbbruder stets sehr gefürchtet, was ihm jetzt erst auffiel. Jim hätte es kaum so genau zu sagen gewusst, musste aber geraume Zeit bei entsetzlichen Durchfällen im Wald verbringen, bevor sie das Klinikgelände endlich betreten konnten.

Ewan

Er sah ihn sofort, wie er im Park in einem bequemen Korbstuhl allein bei Kaffee und Kuchen am Tisch saß. Jim erkannte Ewan Jesse Friggs schon deshalb, weil er kein bisschen verändert schien. Völlig alterslos, mit seiner Halbglatze, dem Schnauzer im kugelrunden Gesicht und einem gemütlichen Bäuchlein war er scheinbar in seinen Sechzigern stehen geblieben, obwohl er mittlerweile über achtzig Jahre alt sein musste.

Ungemütlich wirkte einzig der Blick, mit dem er die Ankömmlinge musterte, während er sich mit der Serviette säuberlich aller Kuchenkrümel entledigte. In kolossalem Gegensatz zu dieser gnadenlosen Kälte des machthabenden Menschen in seinen Augen stand die Tatsache, dass er die Serviette beiseite legte, sich erhob und zuerst Island und dann Jim die Hand reichte. Sein Händedruck erwies sich als warm und fest. Noch so ein Widerspruch bei Jim's Bruder. Bei ihm konnte man eigentlich nie sicher sagen, woran man war.

Als befände er sich in einem Hotel gehobenen Standards und nicht in einer Nervenheilanstalt, wies Friggs eine Pflegerin an, für die Gäste Gedecke aufzulegen, welche die Person sogleich geschwind davon eilen ließ. Wer meinen Bruder betreut hat, wird sich bei den hochgewachsenen Damen kaum schwerer tun, kam es Jim spontan in den Sinn.

Und auf einmal keimte bei ihm echtes Interesse an der Begegnung auf, gerade weil er in dieser Atmosphäre ein ganz ähnliches Unbehagen empfand wie unter den großen Klon-Damen. Wozu immer er hierher gekommen war, er konnte eine Menge erfahren. Das war deutlich zu spüren und so wandelte sich Jim's Furcht in Erwartung, als er und Island sich vorsichtig zu Friggs an den Tisch setzten.

„Dann seid ihr zwei also seit damals ein Paar", eröffnete Friggs nachdenklich das Gespräch. Was Jim darauf brachte, wie sich Island bei ihrem letzten Besuch den Zugang zu ihrem einstigen Widersacher verschafft hatte. Und dass sie dabei wohl vorwiegend ihn hatte reden lassen. Nun nickten sie beide bloß zu seinen einleitenden Worten, ohne die Ereignisse der letzten fünfundzwanzig Jahre groß Revue passieren zu lassen.

Friggs ließ sich eine Weile über die Ruhe seines Standortes aus, bis der Kuchen kam und Jim es über seiner Gabel nicht mehr aushielt und seinen Bruder doch auf die alten Zeiten ansprach. „Wie hast du die Erscheinungen unserer Mutter damals empfunden?", fragte er ihn rundheraus, bevor er das reichlich trockene Stück Kuchen mühsam hinunter schluckte.

„Ach, ihr Hologramm schien mir in keiner guten Verfassung, nachdem sie bei deiner Geburt gestorben war", antwortete Ewan Jesse Friggs unverzüglich - entweder überrumpelt oder inzwischen ebenso offenherzig. „Aber das war gar nicht der Punkt", sagte er. „Was mir zu schaffen machte, waren ihre irrsinnigen Gewissensbisse ihrer Tochter Mandy Grace, unserer Halbschwester, gegenüber. Diese hatte sich ja das Leben genommen und das traf mich deswegen so empfindlich, weil meine eigene Tochter, Aurora Phyllis, auf die gleiche Weise ums Leben gekommen ist."

Eine Weile schwiegen sie rund um den Tisch, um diese Information verarbeiten zu können. „Geschah das im Rahmen der Revolution der echten Kinder gegen die geklonten Eltern?", fragte Island schließlich vorsichtig und Jim's Bruder nickte sogleich.

„Ja, genau. Wir hatten uns nach meiner Wahrnehmung trotz der Schwierigkeiten ringsum alle stets gut verstanden. Sowohl ich und meine Tochter, als auch unsere Mutter Ruby Mayella Clarke und deren Tochter Mandy Grace Johnson. Weil wir keine schlechten Eltern, aber eben geklonte Eltern waren, wie ich heute weiß. Ich steckte bereits in meinem ersten Neukörper und merkte irgendwann, dass mein Kind das nicht akzeptieren konnte. Obwohl ich alles getan habe, um ein guter Vater zu sein."

Er unterbrach sich, schnäuzte lauthals in seine Serviette und nun war ihm sein Alter deutlich anzumerken. Beklommen nahmen seine beiden Zuhörer wahr, dass Ewan Jesse Friggs, einst ein so erbarmungs- wie lautloser Scherge des Generals S.T. Shepard, unter dem zumindest Island persönlich hatte leiden müssen, leise vor sich hin weinte und um sich und seine tote Tochter Aurora Phyllis trauerte.

„Ich hatte die Situation seinerzeit nicht ernst genug genommen. Habe speziell bei ihr alles bloß für pubertär und die Revolutions-Attitüden im Allgemeinen für Spinnerei gehalten", nahm er den Faden erneut auf, während er Daumen und Zeigefinger der rechten Hand durch die Lider auf seinen Augäpfel drückte.

„Und nie, wirklich nie hätte ich geglaubt, dass meine Aurora mir etwas hätte antun wollen. Doch nicht mein eigen Fleisch und Blut und doch nicht, *bloß weil wir klonten*. Das war doch gang und gäbe bei uns und gar nichts Besonderes. Man musste das ja sogar tun und jeder in der Oberschicht hat das gemacht. Es war total normal!"

Friggs stöhnte auf und schaute seine Besucher nach diesen Sätzen um Verständnis heischend an. Diese trauten sich nicht, ein Sterbenswörtchen von sich zu geben. Ganz gleich, was sie möglicherweise über das Klonen dachten. Beide saßen so bewegungslos am Tisch, als seien sie auf ihren Korbsesseln festgeschraubt worden. Und Jim's Hand mit der Kuchengabel hing frei in der Luft herum wie ein vergessener Dirigentenstab.

„An jenem Tag, als es passierte, hat ein Kollege meine Schicht übernommen, optisch ein recht ähnlicher Typ wie ich", erzählte Ewan Jesse Friggs. „Als er sich die ganze Zeit über nicht gemeldet hat und ich auch sonst niemanden erreichte, wollte ich mir ein Bild von der Lage machen und ging nachschauen. Ich fand ein einziges Schlachtfeld vor und ihn mausetot mittendrin, regelrecht hingerichtet."

Jim's Bruder blickte zu der künstlichen Sonne hoch und rang die schweren Hände. Dabei sagte er „Bis heute weiß ich nicht, ob es Aurora gewesen ist oder ob sie Mittäter hatte oder ob die es möglicherweise allein gewesen sind. Unstrittig ist jedoch, dass der Angriff mir gegolten hat und dass das, was geschehen ist, mit ihrer Billigung geschah.

Denn nicht nur ich habe diesen schrecklichen Fund machen müssen, sondern etliche andere geklonte Eltern sind zu dem Zeitpunkt auf ähnliche Weise umgekommen. All das brach los, nachdem Mandy Grace Johnson, unser beider Halbschwester sich das Leben genommen hatte, angeblich weil sie das Klonen so sehr verurteilt hat.

Aber das war es alles nicht, was mir den Lebenswillen gebrochen hat", setzte Friggs hinzu. „Und niemand hätte es von mir angenommen, ich am allerwenigsten – aber ich hätte meiner Tochter das alles sogar verziehen. Ich weiß, dass sie mir mehr wert war als mein eigenes Leben oder das meines Kollegen."

Er stockte, schaute auf das Gras zu seinen Füßen und vergrub das Gesicht dann in den großen, und wie den anderen auffiel, aufgequollenen Händen. „Nur dass es schon zu spät war und Aurora Phyllis gar nicht mehr am Leben war. Genau wie ihr Vorbild Mandy Grace ist sie in einem Zugschacht, in den sie geklettert war, durch den passierenden Zug atomisiert worden. Mein einziger Trost war, dass sie das alles wohl im Grunde nicht gewollt hat. Sie hat sich von der aufgeheizten Stimmung mitreißen lassen, weil sie zu sensibel für diese Welt war, mein liebes gutes Kind Aurora Phyllis.

Ich habe noch eine ganze Weile durchgehalten und weitergemacht mit meinem Leben", beendete Ewan Jesse Friggs seinen Bericht. „Außer dass ich wahrscheinlich gnadenlos in meinem Handeln geworden bin, vor allem euch gegenüber. Was ich aus heutiger Sicht bedauere.

Doch als ich erleben musste, wie sehr meine Mutter über ihren Tod hinaus, so habe ich es jedenfalls wahrgenommen, unter dem Freitod ihrer Tochter gelitten hat, da dachte ich, es gibt für mich kein Entkommen und kein Vergessen. Zumindest nicht an diesem Ort. Bis heute würde ich ihn am liebsten verlassen und irgendwo anders neu anfangen. Hier kann ich seit sehr langer Zeit eigentlich nicht mehr leben. Ich existiere allenfalls noch."

„Und siehst du irgendeine Möglichkeit, das zu verwirklichen?", fragte Jim geistesgegenwärtig dazwischen. - „Was?" - „Na, den Planeten zu verlassen!"

Ewan Jesse Friggs hielt inne und schaute seinen Bruder aus seiner zusammengesunkenen Gestalt heraus plötzlich an wie ein lauernder Puma. „Wieso?", fragte er dann langsam und wieder in der Gegenwart ankommend. „Wollt *ihr* den Planeten etwa verlassen und wisst bloß nicht, wie? Habt ihr mich deswegen aufgesucht?"

Eigentlich durfte es hier unten keinen Wind geben, doch auf einmal kam eine Brise auf, was Island veranlasste, sich alarmiert umzublicken. Jim legte ihr beruhigend die Hand auf den Arm, denn er wusste von den Ventilations-Anlagen, die es hier unten seit einigen Jahren gab.

„Ewan", sagte er dann rundheraus über den Tisch. „Ich weiß, dass dein Vater Raumschiff-Kommandant war und es tut mir Leid, dass ich ihn einmal vor langer Zeit *bloß einen Chauffeur* genannt habe, sehr Leid sogar. Denn könnte es sein, dass sich für uns drei dadurch eine Möglichkeit eröffnet, von diesem Planeten weg zu kommen?"

Danach sagten alle für eine ganze Weile nichts. Island und Jim merkten, dass der zur Paranoia neigende Friggs überlegte, ob ihnen beiden zu trauen war. „Einen Moment bitte", sagte Jim's Bruder dann langsam, während er sich etwas mühsam erhob, um eine Gestalt zu empfangen, die sich ihnen vom Klinikgebäude her über den Rasen näherte.

Jim kniff überrascht die Augen zusammen, weil er den Mann kannte. Ihm wollte nur nicht so schnell einfallen, wo er ihn schon gesehen hatte. Erst als er sich zu ihnen an den Tisch setzte, fiel bei Jim der Groschen. Sie hatten den verzweifelten Gesundheitstouristen vor sich, bei dem Jim einen resistenten Krankheitserreger vermutet und dessen Warnungen vor den Zuständen auf der Erde er nicht ernst genommen hatte.

Dem Mann schien es insgesamt besser zu gehen, doch strahlte er trotz einer gewissen Gefasstheit Verlorenheit und Verzweiflung aus. „Ewan", sagte er zu Friggs und allein durch die Art, wie er dessen Vornamen aussprach, wurde Jim und Island klar, dass sie ein Paar vor sich hatten. „Ist es wahr, dass sie längst hier sind? *Diese Frauen*, meine ich."

Friggs vergrub das Gesicht abermals stöhnend in den Händen, schaute dann über das weite Parkgelände, bis er sich den übrigen zuwandte. „Wir bekommen hier nicht unbedingt alles gleich mit", sagte er entschuldigend zu Jim und Island und „Ja, ich fürchte, dass sie hier sind" zu seinem Freund.

„Ich schlage vor, wir legen die Karten offen auf den Tisch", sprach er feierlich in die kleine Runde. „Jetzt ist der Zeitpunkt gekommen, wo wir keine Wahl mehr haben. Sind alle Module und solches Zeug ausgeschaltet oder kann man uns irgendwie orten oder abhören?"

„Nein, Mr Friggs. Dafür habe ich gesorgt, so gut ich es vermag", sagte Island und Jim nickte, der sein Modul, wie er glaubte, in dem Hain-Versteck neben dem geheimen Bahnhof hatte liegen lassen.

Er hielt sich allmählich für zu alt, um Abenteuer dieser Art zu bestehen. Aber wenn er seinen Bruder anschaute, packte ihn doch der Ehrgeiz, durchzuhalten. Besonders, wenn er in die Richtung von dessen Erd-Freund schielte.

Wie musste sich der arme Mensch fühlen, als er so-eben erfahren musste, dass sich sein schlimmster Albtraum bewahrheitet hatte. Dass die Frauen, die in bereits auf der Erde verfolgt hatten, ihn aller Wahr-scheinlichkeit nach hier ebenfalls angehen würden.

„Genau wie die geheime Zuglinie, die du ja quasi von mir geerbt hast, Jim, gibt es einen geheimen Hangar oben an der Oberfläche, in dem ein *Raum-gleiter* steht. Den ich theoretisch zu steuern in der Lage sein müsste", sagte Friggs langsam und nach-denklich und so, als müsste er sein Gedächtnis sehr bemühen, um ihm diese Worte nach so langer Zeit zu entlocken.

„Aus verschiedenen Gründen habe ich diese Mög-lichkeit bislang ungenutzt gelassen. Ein Grund ist zweifellos der, dass ich leider nicht die geringste Ah-nung hatte, wohin man hätte fliehen können."

„Aber ich", sagte Jim. „Ich weiß es."

Aurora

An diesem Tisch in dem Park einer tief in Daddy's Bauch gelegenen Nervenheilanstalt, wo er seinem Halbbruder gegenüber saß, den er einmal gehasst und dessen trauriger Geschichte voller Last und Schuld er berührt gelauscht hatte, fand Jim Shepard zu seinem seelischen Gleichgewicht zurück. Weil er zu dem Schluss gekommen war, dass er nicht alles bisher im Leben falsch gemacht, nicht die ganzen Jahre über egoistisch verplempert hatte und wenigstens einmal aus dem Schatten seines übermächtigen Vaters heraus getreten war.

Wobei sich Jim's Verdienst natürlich nicht völlig von der Geschichte des Generals trennen ließ, wie der Sohn launig bei sich bekannte. Denn es war S.T. Shepard gewesen, der den Weltraum um Daddy herum geradezu zwanghaft, für enorm viel Geld und über viele Jahrzehnte nicht nur penibel nach *Spuren von Leben* absuchen ließ, sondern auch nach den mehr oder weniger *lebenswerten Räumen*, denen diese entstammten.

Jim's Vater spornte geradezu manisch zu solcher Suche an und beinahe so, als würde er permanent damit rechnen, abermals fliehen und an einem anderen

Ort unter ganz neuen Bedingungen noch einmal von vorn anfangen zu müssen.

An Stelle seiner träumte eine weitere Gruppe von Menschen aus anderen Gründen davon, den Planeten Daddy endlich zu verlassen. Das waren keineswegs die privilegierten Milliardäre (und in weniger opulentem Maßstab deren Nachkommen), welche ihre Dauerschleifen-Jugend in den Tag hinein feiern und sich an künstlichen Stränden sonnend treiben lassen wollten. Und die das exakt so mit jedem Neukörper lange in die Tat umsetzten.

Nein, es waren die Zaungäste dieser dekadenten Welt, jene dauernd Vergessenen und Übersehenen, die in den luxuriösen Bungalows die Wäsche wuschen und in der künstlichen Sonne trocknen lassen konnten. Während sie bei sich zu Hause ständig gegen die eigene Wäsche rannten, weil die überall im Weg und ewig dort hing, da es in den Unterkünften des Personals nie anders als dunkel, feucht, kühl und muffig war.

Und das wohlgemerkt, weil es über hundert Jahre lang niemand für nötig befand, einfach für Trockner oder die notwenigen Verhältnisse zum Trocknen von Wäsche zu sorgen. Was für diese Ärmsten der Armen genauso unerschwinglich wie das meiste andere im Leben blieb und für ihre Arbeitgeber eine Kleinigkeit gewesen wäre.

Das Fass zum Überlaufen brachten aber wohl mit der Zeit die künstlichen Algorithmen, welche die Arbeit der Bediensteten koordinieren und offiziell *erleichtern* sollten. Sie waren so programmiert, dass ihre Anweisungen stets *extrem herablassend* und *erniedrigend* klangen. Wovon die Oberen nichts mitbekamen, was aber beim Personal die Nerven vollends ruinierte und selbst die Gutwilligsten zur Gegenwehr aufstachelte.

Als die *Klon-Manie* zwar endlich zu Ende ging, das extreme gesellschaftliche Gefälle jedoch davon weitgehend unberührt blieb, drohte die Stimmung in Richtung Revolte zu kippen.

Gerade rechtzeitig war Jim Shepard auf den Einfall gekommen, aus vielen der Geknechteten Pioniere der Raumfahrt zu machen. Und im Grunde hätte er sich den Tausenden Auswanderungswilligen am liebsten angeschlossen, als er ihnen vorschlug, für sich den lebenswertesten Himmelskörper zu erobern, der im Auftrag des Generals je gefunden worden war. Ja, Jim vermochte der privilegierten Öffentlichkeit sogar vorzugaukeln, die Meuternden würden einfach ausquartiert und seien um dieses Stück

All querendes Gemäuer nicht im geringsten zu beneiden.

Ein Komet, selbst einer wie dieser seltene grüne, den Jim's Vater der Farbe zum Trotz nach *Ovids Göttin der Morgenröte* benannt hatte, und der sein grünes Leuchten einer Gashülle aus Kohlenstoff und Stickstoff verdankte, galt nicht ansatzweise so viel wie ein Planet. Auch wenn der Brocken aus Gestein und Eis Daddy's Sonne Nummer Zwei in einem Abstand umkreiste, der Licht und Wärme in einem Ausmaß garantierte, das einen auf Daddy glatt grün und blass vor Neid werden lassen konnte. Zumindest wenn man sich, bedroht von den Gewittern der Sonne Nummer Eins, durch das diffuse Dämmerlicht der Oberfläche kämpfen musste.

Dagegen wurde es auf Aurora richtiggehend gemütlich. Erst recht, nachdem eine Methode gefunden worden war, den Wasserstoff verbrauchenden Schweif des Kometen zur Spaltung des reichlich zur Verfügung stehenden Eises zu nutzen. Was dazu diente, die Gashülle mit Sauerstoff anzureichern, welche sich unter Schutzdächern dann verdichten ließ, bis sie sogar mit der Erdatmosphäre voller Stickstoff, Sauerstoff, Kohlendioxid und Edelgasen zu vergleichen war und offenbar ähnlich gut vertragen wurde.

Zwar drohte sich das wundersame Gebilde in einigen zehntausend Jahren durch Verdampfen aufzulösen. Doch bis dahin konnte man es auf dem Kometen Aurora wahrhaft gut haben, wie das arbeitsame ehemalige Personal von Daddy's hochnäsigen Milliardären umgehend bewiesen hatte.

Die Auswanderer bombardierten Jim über Jahre dankbar mit Filmchen und Fotos ihres Glücks, bis dieser gewohnheitsmäßig das Interesse verlor. Doch konnte man davon ausgehen, dass die Besiedler von Aurora ihren Gönner bestimmt nicht vergessen haben würden.

„Aaaah, ich habe Aurora gefunden!", rief Island begeistert, die seit der Erwähnung des grünen Kometen fleißig an ihrem Modul herumbastelte. „Und ich brandmarke ihn gleich einmal als lebensgefährliches Himmelsobjekt, damit niemand sonst Verdacht schöpft", fügte sie vorsorglich hinzu. Dafür war ihr der allgemeine Beifall gewiss.

„Ewan", sagte der Mann von der Erde leise und eindringlich zu seinem Freund und in die aufkommende Euphorie hinein. „Ewan, meinst du denn nicht … meinst du nicht, dass der Name dich stören könnte? Sollten wir dem Himmelsobjekt nicht einen optimistischeren Namen geben? Selbst wenn wir es bis dorthin schaffen - wir müssten damit leben, dass unsere neue Lebensstätte den Namen deiner toten Tochter trägt!"

Einen bangen Moment lang herrschte beklommenes Schweigen, bis Friggs alle Bedenken verjagte, indem er entschlossen den Kopf schüttelte. „Nein, in diesem Zusammenhang können wir froh sein, dass mir dieser Name eingebrannt ist", sagte er. „Es könnte nämlich sein, dass ich allmählich das Schicksal unseres hochverehrten Generals teile und dement werde. Aber den Namen meiner Tochter vergesse ich sobald nicht."

Keinem von den anderen war zuvor klar gewesen, dass Ewan Jesse Friggs ein Freund dunklen Humors war. Aber nach diesen Sätzen lachten alle befreit auf. Jim lachte am lautesten. Aurora! Das war es. Endlich tat sich für ihn – wenn auch zaghaft - ein Licht am Ende des Tunnels auf.

¤ ¤ ¤ ¤ ¤

Der aufkommenden Euphorie zum Trotz saßen sie dann abermals eine Weile stumm beieinander und jeder futterte vom Kuchen, so viel wie in ihn hineinpasste. Es war deutlich zu merken, dass sich der alte Friggs mit den möglicherweise auf ihn zukommenden Veränderungen schwer tat und das erstaunte niemanden, nachdem der Mann die vergangenen

Jahrzehnte hauptsächlich in diesem Park sitzend verbracht hatte.

Ewan Jesse Friggs schnaufte, schaute hierhin und dorthin und räusperte sich in einem fort, bis ausgerechnet Island den Mut aufbrachte, das Wort an ihn zu richten.

„Mr Friggs, ich bin wohl nicht ganz ehrlich zu Ihnen gewesen. Wie ich wahrscheinlich zu erwähnen vergaß, bin ich erst kürzlich von der Erde hierher zurückgekehrt. Ihr Bruder Jim und ich sind zwar mittlerweile wieder ein Paar, haben aber zwischendurch vierundzwanzig Jahre getrennt voneinander verbracht. Er war hier auf Daddy und ich auf der Erde. Mr Friggs, möchten Sie vielleicht wissen, wie es mir dort unter der *Herrschaft der natürlicherweise klonenden Damen* ergangen ist?

Das würde Ihnen sicherlich dabei helfen, sich für oder gegen das Wagnis einer Flucht zu entscheiden. Wie ich mir denken kann, haben Sie das meiste über die Invasorinnen ja schon von Ihrem Freund erfahren. Aber meine Einschätzung könnte den Ausschlag dafür geben, ob Sie glauben, sich mit den Verhältnissen hier künftig arrangieren zu können oder nicht." Dabei schaute sie ihren alten Widersacher so offen und konzentriert an, dass er es war, der den Blick schließlich senkte.

Als er nichts erwiderte, sich aber nicht weigerte, ihren Bericht anzuhören, fuhr sie fort zu sprechen. „Mir ist klar geworden, mit wem ich es bei den Invasorinnen zu tun habe, als ich mich auf der Erde anlässlich einer dieser sogenannten „wohlwollenden Befragungen" habe offenbaren müssen. Solche Befragungen wurden von höherrangigen Vertreterinnen der *reinen und liebenden Mütter*, wie sich diese Kreaturen zu nennen belieben, regelmäßig durchgeführt und ich musste dort darlegen, was meine eigene Mutter mit mir angestellt hat, als wir beide hier auf Daddy lebten.

Meine Mutter hatte veranlasst, dass mein Gehirn in den Körper einer jüngeren Schwester transferiert worden ist, als ich zehn Jahre alt war. Es war, wie wohl alle wussten und wissen ein hochriskanter Eingriff, bei dem ich noch Glück gehabt habe, was die Folgen anging. Der Körper meiner im Wachstum befindlichen Schwester ist dabei vergleichsweise geringfügig deformiert worden, vielleicht weil wir relativ klein geblieben sind, mein Gehirn und ihr Körper. Ich bin natürlich sehr dankbar dafür.

Leslie Fiona Jenkins, meine Mutter, hat das alles getan, um mit uns einen weiteren, zeitlich passgenauen Klon für sie selbst vorrätig zu haben, da die Erde in dieser Phase die Transporte eingestellt und alle gezüchteten Klone auf der Erde freigelassen hatte. Meine Mutter hat sich zuvor etliche Male klonen lassen. Im Grunde war sie schwer süchtig danach, alle paar Jahre in einen neuen, jüngeren Körper *umsiedeln* zu können. Und sie war damit nach meiner gegenwärtigen Einschätzung ebenso krank wie unzurechnungsfähig und darüber hinaus leider völlig frei von Skrupeln.

Als der operative Eingriff für ihre Begriffe misslang und mein Aussehen so überhaupt nicht mehr dem Ideal meiner Mutter entsprochen hat, nahm sie von ihrem Vorhaben Abstand. Und während du, Jim, dich damals völlig entsetzt gezeigt hattest, als ich dir erzählte, was passiert war und ich dich bitten musste, nicht schlecht über meine Mutter zu sprechen, haben die Klon-Damen auf der Erde völlig anders auf das alles reagiert.

Für sie war das Verhalten meiner Mutter im Grunde nicht verwunderlich, ja kaum erwähnenswert. Ich glaube, sie hielten es sogar für vergleichsweise normal. Worauf sie sich konzentrierten und was ihnen durchaus gefiel, war meine eigene Haltung meiner Mutter gegenüber, die sie als besonders gerecht und edelmütig wahrnahmen. Es schien sie regelrecht in Begeisterung zu versetzen. "

Island drehte sich zu Jim um, wobei sich ihre Augen schmal verengten. „Könnt ihr nachvollziehen, was das in *meiner Seele angerichtet* hat? Diese Menschen, welche immer davon ausgehen, dass sie von Natur aus so viel sensibler und moralischer ausgestattet sind als wir, taten mir damit genauso weh wie meine Mutter.

Weil ich ihnen als Mensch nicht einmal in den Sinn gekommen bin. Mein Schicksal war diesen *reinen und liebenden Müttern* mindestens ebenso egal wie meiner wirklichen Mutter.

Die Invasorinnen konnten sich einzig mit ihr identifizieren! Und meine Mutter ist schon lange eine von ihnen geworden. Sie freut sich nun über Töchter, die ihr aufs Haar gleichen und denen niemand, - auch ich nicht - , zu erzählen wagt, was unsere gemeinsame Mutter am liebsten mit ihnen anstellen würde.

Alle schweigen. Jede dieser klonenden Frauen würde sofort dasselbe tun, wenn es gerade opportun wäre. Ich erzähle das nur, weil ich daran zu erkennen glaube, worum es hier wirklich geht."

Nun schaltete sich Friggs doch ein, nachdem er ihren Bericht bis dahin schweigend verfolgt hatte. „Was ich dir sagen kann, Island, du elend undankbares Stück, das du immer gewesen bist", stieß er schnarrend hervor, während er sich krampfhaft mit beiden Händen am Tisch festhielt. „Was ich dir dazu zu sagen habe, ist, dass wir alle eine ungeheuerliche Selbstsucht bei dir erkennen, die sich schon damals verschiedentlich gezeigt hat."

Und in genau demselben Ton hatte er zu ergänzen „Du standest von Anfang an auf der Seite dieser ganzen Verblendeten, welche nie haben anerkennen können, dass sie *nach* ihren Ahnen auf die Welt gekommen sind! Denen sie im übrigen ihr Dasein verdanken. Du solltest dieser Tatsache wirklich mehr Demut entgegen bringen an Stelle dieser ganzen ungerechtfertigten Vorwürfe!"

Seinem Bruder Jim ging bei diesen Worten glatt das Messer in der Tasche auf und er hätte auf der Stelle wieder so impulsiv und gewalttätig wie früher werden können. Das war zu einhundert Prozent der alte Ewan Jesse Friggs, restlos auf Linie der vom Klonen so felsenfest Überzeugten auf Daddy. Und dazu jemand, der nie gezögert hatte, Todesurteile aus dem Hintergrund anzuordnen, wenn er die Milliardärs-Riege und ihre perversen Verhältnisse bedroht sah. Ganz gleich durch wen und sei es durch die eigenen echten Nachkommen!

Eben hatte sein Bruder ihnen allen von seiner eigenen, toten Tochter vorgejammert, deren Freitod nun durch diese seine Haltung eine ganz eigene Bedeutung bekam und deutlich mehr Sinn machte.

Bevor sich Jim jedoch einmischen konnte, um seiner Island nach so vielen Jahren in dieser Frage erneut beizuspringen und sie darüber in ernsthaften Streit zu geraten drohten, registrierte Jim den *immensen Schock* in den Augen des Mannes von der Erde.

Während Jim die Verhältnisse auf Daddy nur zu gut kannte, waren sie dem Partner seines Bruders anscheinend neu und keineswegs ein Begriff. Es war eine Entzauberung ohnegleichen und ohne dass er das beabsichtigte, zeigte dieser Außenstehende, der so sehr unter klonenden Menschen zu leiden hatte, Jim und Island, dass nicht sie verrückt waren. Sondern dass sie aus verrückten Verhältnissen stammten.

So schaffte es Jim, seinem Bruder rasch die Hand auf den Arm zu legen und zu sagen. „Ewan, wir wissen, wie du denkst. Island möchte uns etwas anderes klar machen, so lass sie bitte zu Ende sprechen." Er nickte ihr ermutigend zu und sie sprach mit gesenkten Augen und etwas stockend, aber umgehend und flüssig weiter.

„Ich gehe davon aus, Mr Friggs, dass die allermeisten natürlich geborenen, jungen Leute damals auf

Daddy meine Einstellung teilten, darunter Ihre eigene Tochter. Wir alle waren Opfer schrecklicher Umstände und wenn niemand je gewillt ist sich das anzuhören, wird vor allem eines offenbar. Dass nämlich kein Machthaber zu Mitgefühl imstande ist. Für nicht-klonende Machthaber kann ich es weniger beurteilen, aber bei denen, die *klonen* bin ich mir sicher. Deren Gehabe, wenn sie mitfühlend tun, ist reine Makulatur.

Doch Sie liegen in einem wichtigen Punkt richtig, Mr Friggs", Island war nicht mehr zu bremsen. „Wie den Menschen, die auf Daddy geklont haben, geht es den klonenden Frauen von der Erde ausschließlich um die eigene Zukunft.

Was diese Frauen Daddy's Bewohnern jedoch voraus haben, ist, dass sie die Zukunft bei ihren Kindern sehen. Im Unterschied zu Leuten wie Ihnen, Friggs. Die zur Genüge bewiesen haben, dass für sie nur das eigene Leben zählt.

Aber das ist gar nicht der Punkt, den ich meine. Was ich Ihnen deutlich sage, ist dies. Ob Sie oder ich oder Jim Shepard oder Ihr Freund hier - für diese klonenden Frauen hat auf die Dauer niemand von uns ein Lebensrecht! Das sollten Sie bei Ihrer Entscheidung, ob Sie fliehen oder bleiben wollen, berücksichtigen.

Und noch etwas, den einzigen Zusammenhalt unter diesen Frauen bilden ihre Feinde. Im Moment sind das die Männer. Die Damen sind voller Vernichtungswillen, geben aber stets vor, dass sie nur männliche Missetaten ahnden.

Die Ressourcen ihrer Opfer streichen sie natürlich ein und sie bemänteln ihr Tun, indem sie scheinbar auf der Seite aller Frauen stehen. Geht ihre Taktik auf, dann wird es in der Folge bald keine Männer mehr geben und dann suchen sie sich neue Feinde."

Sie ließ sich nicht noch einmal unterbrechen, sondern redete ohne Pause und atemlos. „Das sind die Frauen, die nicht zu Klon-Frauen geworden sind wie meine ehrenwerte Mutter. Sie werden plötzlich grauenvoller Dinge beschuldigt, die unbedingt geahndet werden müssen und dann ergeht es ihnen wie den Männern. So geht das weiter, bis sich die lauteren Damen eines schönen Tages kannibalisieren. Doch solange es Leute wie uns gibt, die sie zur Strecke bringen können, nähren sie fleißig die Mär der *reinen, liebenden Mütter*, die sich perfekt um alles kümmern. Was könnte ich kotzen!"

Nun wurde sie doch unterbrochen – und zwar von etwas, das nach fernem Geschützdonner klang. Alle sprangen mit einem Schrei auf. Nur Ewan Jesse

Friggs blieb sitzen, sich unverändert beidhändig am Tisch festklammernd.

¤ ¤ ¤ ¤ ¤

Vorbei war es mit den hitzigen Diskussionen an der Kuchentafel. Da sich der Schall in den unterirdischen, riesigen Hallen extrem schnell ausbreitete, holten geschaffene Tatsachen die vier weit schneller und sehr viel lauter ein als bis vor wenigen Augenblicken gedacht. Es wurde klar, dass sich die vier ihre Schockstarre nicht lange leisten konnten.

„Wenn ich einmal darlegen darf, wie ich es sehe. Die Situation ist doch die folgende", sagte Ewan Jesse Friggs nach einer Weile und zog sich mühsam an dem Tisch zu einem unsicheren Stand hoch. „Unzweifelhaft sind hier Aggressivitäten ausgebrochen, inklusive einer schwer nach Krieg klingenden Eskalation. Und ebenso unzweifelhaft sind diese Damen hinter den Männern her, das mag ja alles stimmen.

Vor allen Dingen aber sind sie hinter Männern wie diesem Menschen hier her, den ich lieb gewonnen habe und natürlich hinter mir! Was also habe ich für eine andere Wahl als die Flucht nach vorn anzutreten? Nur dass meine Beine scheinbar leider anderer Meinung sind." Entmutigt sank er zurück auf seinen Sitz.

„Lassen sie das unsere Sorge sein, Mr Friggs", rief Island, nervenstark und einfallsreich wie gewöhnlich. „Ich habe bei meinem letzten Besuch hier genau für solche Zwecke etwas deponiert."

Sie stürmte davon, zu einem dichten Gebüsch und kehrte mit einem übergroßen Beutel zurück, den sie dort versteckt hatte. Aus diesem zerrte sie zwei Fluggleiter. Kleine handliche Geräte, mit denen man über den Boden schnurren oder notfalls haushoch fliegen konnte. „Die Dinger sind eigentlich für eine Person ausgerichtet, zwei sollten mit etwas Geschick für uns vier reichen", erklärte sie strahlend. Während der Geschützlärm in den riesigen Hallen allmählich ohrenbetäubend zu werden drohte, obwohl er ihnen unter Umständen gar nicht so nahe war.

Jim erinnerte sich, dass Island vor über zwanzig Jahren genau so einen Fluggleiter gesteuert hatte, als sie auf dem Caféhausdach die Riesenlibelle erlegte. „Kann das denn jeder steuern?", fragte er skeptisch und bekam von ihr zur Antwort gleich eine Blitzeinweisung. „Wir packen deinen Bruder bei dir hintendrauf und bei mir den anderen Herrn", entschied sie energisch. Beiden fiel kurz auf, dass sie keine Ahnung hatten, wie der Herr eigentlich hieß, aber für eine korrekte Vorstellung blieb im Moment wohl kaum die Zeit.

„Wird uns hier jemand an der Abreise hindern wollen, Ewan? So wie es vorne auf dem Schild steht?", fragte Jim seinen Bruder und der schüttelte mit dem Anflug eines Lächelns den Kopf. „Oh nein! Das Schild war vor langer Zeit einmal meine eigene Idee, es soll einzig der Abschreckung dienen. Hier kümmert sich seit langem niemand darum, wer gehen oder bleiben möchte. Das eigentliche Hindernis sind wie bereits erwähnt meine lahmen Füße."

Alle hielten sich strikt an Island's Anweisungen und bevor Jim fragen konnte, wodurch die Dinger eigentlich fliegen konnten, sausten sie bereits bemerkenswert anmutig über den Boden und im Anschluss durch das große Tor. Jim ließ Island als erste fliegen und sie düste prompt die ganze Route zurück, die sie und er auf ihrem Weg von dem geheimen Zug zur Klinik zu Fuß zurückgelegt hatten.

Bei dem geheimen Bahnhof angekommen, hielt sie aus voller Fahrt an und drehte sich zu ihm um, der sich bei der Bremsung fast überschlug. „Bis zu dem geheimen Hangar ist es noch ein ganzes Stück", bemerkte sie, ohne seine Anfängerprobleme zu beachten, „Das schaffen wir mit den Gleitern alleine wahrscheinlich nicht. Außerdem könnte es sein, dass wir durch Kriegsgebiet kommen. Wir sollten bis zum

Klon-Institut deinen Zug nehmen. Und wenn der noch weiter führt, eben bis dorthin."

Jim schüttelte bedauernd den Kopf. „Nein, leider nur bis in die Nähe des Klon-Instituts", sagte er, sprang vom Gleiter und begann in dem kleinen Hain neben dem Eingang nach seinem Modul zu suchen. Als er es endlich fand, öffnete das die Eingänge und die kleine Gruppe schlüpfte in den unverändert wartenden, verlassenen Zug.

Friggs und sein Partner wechselten einen kurzen, irritierten Blick, als sie die tote Riesin bemerkten, die nach wie vor im Zugabteil saß, eventuell etwas zusammengesunkener als zuvor. Jim hatte nicht die leiseste Lust auf Erklärungen und die übrigen wohl ebenfalls keine, sich Erklärungen anzuhören. So blickten alle während der Fahrt angestrengt in eine andere Richtung und waren schlicht froh, so rasch und ohne viel Aufwand transportiert zu werden.

„Funktioniert doch einwandfrei, der Zug! Das lässt ja für das Raumfahrzeug hoffen!", war Ewan Jesse Friggs' einziger Kommentar, zu dem niemand sonst etwas hinzufügte. Aber selbstverständlich hofften alle, dass er recht behalten würde.

In der Nähe des Klon-Instituts verließen sie den Zug, um recht langsam auf ihren Fluggleitern durch die düsteren Gänge zu schnurren, als plötzlich Friggs' Freund einen leisen Schrei ausstieß und den kleinen Trupp damit unsanft zum Stehen brachte. Ohne eine Erklärung kletterte er von seinem, beziehungsweise Island's Gleiter, um das Schild von Mandy Grace Johnson eingehend zu studieren.

„Haben Sie unsere Halbschwester gekannt?", fragte ihn Jim erstaunt nach einer Weile und schaute dabei seinen Bruder an, der Achsel zuckend dazu schwieg.

„Nein. Das heißt ja", sagte der Mann von der Erde, für die Begriffe der anderen provozierend langsam. „Auf gewisse Weise schon!" Nach dem unverhohlenen Geräusper seines Freundes und Island's auffforderndem Geklapper an dem Gleiter, tat er endlich den Mund auf. „Diese Dame hier hatte so viel ich weiß auf der Erde einen Klon, welcher im Kindesalter unter etlichen anderen freigelassen worden ist. Und mit jemandem, der sich Zorro nannte und auf der Erde recht bekannt war, verband der Klon dieser Dame hier trotz eines erheblichen Altersunterschieds eine herzzerreißende Liebesgeschichte. So gut wie jeder auf der Erde hörte davon."

„Ach, du meine Güte", rief Jim spontan. „Diesen Zorro habe ich ja gekannt! Er ist hier auf Daddy von einer Pflanze umgebracht worden. Schaut mich nicht so an, für Erklärungen diesbezüglich bleibt wirklich keine Zeit. Doch ich weiß, dass es so war. Es gab geheimnisvolle Aspekte an dieser Geschichte, die ich niemals habe aufklären können. Sie nannten den Herrn auf der Erde *Erreger der Massen.*"

„So war es", bestätigte der Freund von Ewan Jesse Friggs eifrig, die Ungeduld der anderen ignorierend. „Man hat ihn so genannt, weil er als einer von ganz wenigen in der Lage war, die Menschen massenweise von einer Idee zu überzeugen, indem er bloß ein paar Sätze sagte. Es war eine ganz erstaunliche Gabe und er äußerst charismatisch. Obwohl er hier auf Daddy als junger Mann in der Krankenpflege gearbeitet haben soll und dabei als wortkarg bekannt war.

Und genau in dieser Zeit verband ihn meines Wissens nach eine Liebschaft mit dieser Frau hier, mit der *echten* Mandy Grace Johnson!" - „Ach, und später war deren Klon auf der Erde seine große Liebe?" - „Ja, genau so war es! Leider ist sie wie das *Original* früh verstorben. Möglicherweise weil sie als Klon ohnehin keine sehr hohe Lebenserwartung hatte, aber darüber bin ich wenig im Bilde."

„Dann kam Zorro also deshalb später auf den Planeten Daddy zurück und weniger aus gesundheitlichen Gründen", sagte Jim und nickte als Zeichen seines Begreifens mit dem Kopf. „Zorro hatte wohl gehofft, hier seiner großen Liebe erneut zu begegnen. Aber dazu kam es nicht. Wie er erfahren musste, hatte sich Mandy Grace nach seinem Fortgang umgebracht und so ist er in seiner grenzenlosen Traurigkeit eine Beute der *mental-manipulierenden Pflanzen* geworden. Endlich verstehe ich nach so langer Zeit die Zusammenhänge und es ergibt sich ein Bild."

„Eine sehr traurige Geschichte! Die uns jedoch nicht zu sehr aufhalten sollte", zischte Friggs sie von hinten an. Und hatte noch anzumerken: „Es ist mir ein Rätsel, wie ihr euch in unserer Lage so seelenruhig mit Herz-Schmerz-Geschichten befassen könnt. Dass es hier so still ist, bedeutet wohl kaum, dass es hier keine Aktivitäten von irgendeiner Seite geben könnte. Wir sollten uns wirklich nicht mit Nebensächlichkeiten aufhalten!"

Er wandte sich an Island, die neben ihm zustimmend mit dem Kopf nickte. Eben noch strikte Widersacher wirkten sie einig wie selten. „Ist es denn weit bis zum Hangar?" fragte er sie ungeduldig.

„Bis zur Oberfläche nicht, nein", antwortete Island. „Aber von der Oberfläche aus ist es noch ein gutes Stück Weg. Und wir wissen nicht, was für eine Lage uns auf der Strecke von dort bis zum Hangar erwartet." Dann drängten beide, unverzüglich aufzubrechen.

Mandy Grace und Zorro

Warum nur hat mich das eben so aufgewühlt? Das frage ich mich, während ich mit Ewan hinter mir auf dem Sitz durch düstere Gänge und viel zu schnell hinter Island's Gleiter her jage. Wenn uns jemand entgegen kommt, haben wir nicht den Hauch einer Chance, um zu reagieren. Aber sie drosselt ihr Tempo nicht und ich habe Angst, dass sie mich abhängt und es nicht einmal bemerkt. So versuche ich eben so gut es geht mitzuhalten.

Eben haben wir die Abzweigung zum Klon-Institut gekreuzt, doch ich habe kaum den Kopf gewandt. Mit dem Laden bin ich endgültig fertig, so wie mit fast allem an diesem Ort eigentlich.

Außer mit meiner Halbschwester Mandy Grace natürlich. Ihr Schicksal oder besser gesagt ihre Schicksale sind unglaublich! Aber warum ist sie uns nicht spontan erschienen, als der Partner von Friggs diese unglaubliche Geschichte erzählt hat? Wo sind die vielen spontanen Hologramme geblieben, mit denen sie mir in meiner Anfangszeit auf Daddy andauernd begegnet ist? Wo sie mich regelmäßig mit eben jenem Zorro verwechselt hat. Was mich schon zu der

Überlegung veranlasste, dass sie sich seinetwegen das Leben genommen hat und nicht wie allgemein behauptet *aus Protest gegen das Klonen*.

Irre, dass dieser Zorro auf der Erde ausgerechnet ihrem Klon begegnet ist! Genauso erstaunlich wie die Tatsache, dass sie anscheinend einen Klon bestellt hatte! Oder es hat jemand diesen Klon ohne ihr Wissen bestellt, dazu genügt ja etwas Zellmaterial aus einer Zahnbürste beispielsweise.

Wahrscheinlich war es unsere Mutter, die ja Zeit ihres Lebens leidenschaftlich geklont hat. Für sie und ihren ersten Sohn Ewan war das völlig normal, ganz anders als für ihre Tochter Mandy Grace.

Und ich? Hätte ich geklont, wenn ich es gekonnt hätte? Das habe ich mich oft gefragt und meine Antwort an mich lautet *wahrscheinlich*. Aber bestimmt nicht mehr ab dem Moment, in dem mir Island erzählt hat, was ihr mit ihrer Mutter widerfahren ist. Das hat mich für alle Zeiten von solchen kruden Vorhaben kuriert!

Aber dass dieser Klon von Mandy Grace zu Zorros großer Liebe wurde, nachdem er die echte Mandy Grace hier auf Daddy verlassen hat, das vermag ich kaum zu fassen. Und wie konnte sie denn das bitte verpassen und uns *nicht* erscheinen? Nachdem sie sich früher vor Sehnsucht nach Zorro auch nach ihrem Tod regelrecht verzehrt hat.

Ich dachte, es ist ganz ähnlich wie im Leben, wo die Zeit die Wunden heilen soll, wie man so schön sagt. Oder ist das womöglich bloß eine Illusion wie so viele andere? So wie diejenige zum Beispiel, wo ich gehofft habe, Island wegen ihrer verräterischen Ader vergessen zu können. Obwohl ich es heute besser weiß. Dazu war und bin ich nie und nimmer fähig.

Unsere Liebe existiert scheinbar unabhängig von unserem Willen, jedenfalls nachgewiesenermaßen ohne meinen. Island ist da wohl viel stärker als ich, so wie es die Frauen häufig sind. Um so merkwürdiger, dass sich die tote Mandy Grace für ihre große Liebe so gar nicht mehr interessiert hat.

Aber vielleicht wollte sie ja erscheinen und ihre Moleküle verfügten nach all den Jahren nicht mehr über die nötige Energie? Ja, da könnte etwas dran sein. An irgendetwas muss der Mensch glauben und so glaube ich eben daran.

¤ ¤ ¤ ¤ ¤

Können sich Menschen daran gewöhnen, dass sich ihre Welt ständig auf den Kopf stellt? Dass eine Erkenntnis, von der man eben noch felsenfest überzeugt war, im nächsten Moment schon hinfällig wird? Das geschieht momentan so oft, bis nicht mehr zu unterscheiden ist, wann etwas Kopf steht und wann nicht.

Ich jedenfalls bekomme die Welt nicht mehr so gedreht, dass ich behaupten könnte, so stünde sie richtig herum oder zumindest so herum, wie ich sie kenne. Geistig erschöpft und total verwirrt rase ich nur noch Island hinterher, die wie ein Leitstern vor mir her fährt und ich bin froh, wenn es mir gelingt, nicht von ihr abgehängt zu werden.

Seltsam, dass jemand wie ich auf so eine Frau steht. Sie ist nicht nur viel stärker als ich, sondern zudem viel schneller und es scheint ihr alles gar nichts auszumachen, während mir die Zunge aus dem Hals hängt. Na, vielleicht lebt sie einen Teil von mir aus, der bei mir gar nicht zum Zuge kommt.

Sitzt mein Bruder noch hinter mir? Offenbar ja, denn ansonsten klammert sich ein Fremder an meinen Beinen fest. Dem Mann hinter Island sehe ich an seinem Rücken an, dass es ihm kaum besser geht als uns. Wir rasen ins Nirgendwo und ich flehe die Götter an, dass Island's Modul uns den richtigen Weg weist und uns niemand sonst folgt, *noch* niemand folgt.

Es ist wahr, dass ich mit vor meinen eigenen Untergebenen inzwischen fürchte. Mein ganzer Führungsanspruch in den vergangenen Jahrzehnten ist eine Lüge gewesen, die einzig darauf aufbaute, dass ich der Sohn meines Vaters bin. Dessen Führung möglicherweise schon auf Lügen aufbaute, wenngleich er ungleich risikofreudiger gewesen ist als ich.

Ich bin zu diesen Dingen so was von gar nicht gemacht. Entweder hat sich in mir eine winzige, friedliebende Seite meines Vaters manifestiert. Oder er hatte gar keine und die Friedensliebe senkt sich mir zum Ausgleich so stark ins Gemüt. So gesehen bin ich nicht einmal besonders männlich und lebe das vielleicht eher bei der Amazone vor mir aus.

So zart Island ist – sie war ja früher bereits mehr Knabe als Mädchen und benahm sich auch so. Möglich, dass es nur die Gegensätze sind, die wir aneinander anziehend finde. Dafür bin ich dankbar, denn ich würde mich, anders als die Riesinnen, in jedem Leben, das mir zu führen gewährt würde, nicht ausschließlich auf mich und meinen Nachwuchs konzentrieren wollen.

Die Leute, die ich nach wie vor *meine Leute* nenne oder die hochgewachsenen Invasorinnen – es scheint gar nicht mehr klar, wer in diesem Krieg die Oberhand behalten wird. Denn das Krieg ist, wissen wir spätestens seit Island unweit des Klon-Instituts eine Luke zur Oberfläche geöffnet hat.

Wir sind hinausgetreten und haben nichts als Leichen gesehen. Es müssen Hunderte, ja Tausende gewesen sein, niedergestreckt von zielgenauen paramagnetisch gesteuerten Waffen wie jener von Island, mit der sie vorhin die Wachteln erlegt hat. Und mein schlimmster Albtraum bewahrheitet sich direkt neben mir. Von allen Toten kommen mir die am schlimmsten vor, die so viel Leben vor sich hatten. Ich meine diejenigen, die offensichtlich schwanger waren und habe mich über einen Felsblock erbrochen, neben dem eine grauenvoll massakrierte und wie ausgeweidete, schwangere Invasorin lag.

Selbst in diesem hinfälligsten aller Zustände zeigte sich noch, welch ein unsagbar schönes Naturwunder sie gewesen ist, nicht anders als ihr ungeborenes Kind. Und wie sie mir beide aus ihren offenen, gebrochenen Augen dabei zuzusehen schienen, wie ich mich übergab und es auf mich fast wirkte, als wären sie es, die mich bemitleiden, weil ich das alles noch nicht hinter mir habe.

Das es nicht so sein wird, weiß ich, aber dieser Gedanke hält mich gerade als einziges am Leben. Wie eng wird doch die Welt im Schmerz und in der Not.

Als ich den Blick heben kann, erkenne ich einige von unseren Leuten unter den Toten, alles Männer im übrigen - doch tote Klon-Frauen sind es sicher *zehn-oder zwanzig Mal mehr.*

Wie surreal und seltsam mir das vorkommt. Eben waren die Klon-Frauen die *neuen Herrscherinnen dieser Welt*, und nun liegen sie bergeweise tot herum. Genau das meine ich damit, dass die Welt ständig Kopf steht, während ich mir Mund und Hände an irgendetwas sauber zu wischen versuche, um den Lenker des Fluggleiters greifen zu können.

Fremder könnte mir der eigene Vater mit seinem lebenslangen Willen zu militärischen Gewaltexzessen nicht sein, fährt mir durch den Kopf und ich bahne uns einen Weg mit dem Gleiter über Körperteile hinweg und auf dem ich immer häufiger in Pfützen aus Blut aufsetze, weil ich das Gerät kaum mehr in der Luft halten kann. Ich versuche, mich von dem Grauen um mich herum abzugrenzen und werfe keinen Blick zurück, denn hinter mir sitzt wahrscheinlich versteinert mein Bruder Ewan, der keinen Laut von sich gibt und von dem ich nicht weiß, wie *er* das verkraftet. Ich hoffe nur, dass wir das hier alle irgendwie lebend überstehen und niemand uns - und speziell mich – meiner Feigheit wegen sofort aufknüpft oder standrechtlich erschießt.

Mein Vater würde es sofort tun, das bin ich sicher.

Ich bin nicht einmal mehr imstande zu sagen, wen ich mehr fürchte, die Invasorinnen oder unsere eigenen rachsüchtigen Leute, die ebenfalls vor nichts mehr zurückschrecken.

Was ich definitiv schon weiß – diese Bilder werde ich niemals mehr aus dem Kopf bekommen, sie haben sich in meiner Seele fest und ich kann froh sein, wenn sie mich nicht umbringen.

Wir rasen dahin, durch nicht endende Leichenberge und als das dann doch einmal aufhört, über Daddy's triste Oberfläche mit ihrem steten, diffusen Dämmerlicht. An schwer zu erkennenden und zu plötzlich auftauchenden Pilzwäldern vorbei, über Titanfelder, verrostete Gerippe uralter Rennwagen oder stehen gelassener, gewaltiger Raumfahrzeugen. Alles Zeugnisse der Anfänge auf dieser Welt, als die Milliardäre und das Personal noch etwas miteinander verbunden hat, nämlich ihre Leidenschaft für die wahnsinnigen Wagenrennen an der Oberfläche!

Welch ein Wunder, dass wir nicht ständig mit etwas von den Überbleibseln jener Zeit kollidieren. Island scheint die Augen einer Katze zu haben! Warum wird es hier eigentlich niemals richtig hell? Und warum ist mir das früher nie aufgefallen?

Out of the Dark

Und dann trifft uns gleich der nächste Schlag, der meinen Bruder hinter mir wie einen geprügelten Hund aufjaulen lässt und mich wie einen Greis zittern und den Lenker in meinen Händen unkontrolliert erbeben. Die Gleiter stottern, spucken und bocken, als ob ihnen der Saft ausgeht oder uns die Kraft sie zu steuern. Widerstrebend halten wir die Fahrzeuge schließlich an und starren auf die Hügel in der Ferne. Auf denen sich wie auferstanden riesige Invasorinnen in glitzernden Schutzanzügen neben schnittigen Fahrzeugen erheben, Schulter an Schulter und unsagbar viele. Es müssen Hunderttausende sein. Über ihnen schweben wie Rieseninsekten, die sie eskortieren, zahllose, laut surrende Flugobjekte.

Sie sind nicht unseretwegen da. Denn als sich unsere Köpfe wie an einer Schnur gezogen langsam drehen, sehen wir, wie sich in den Senken auf der anderen Seite im Schlamm etliche Fahrzeuge bewegen. Verwundert erkenne ich altes Bergbaugerät wieder, hastig zu einer Kriegsmaschinerie umgerüstet. Mit endlos vielen Zielscheinwerfern ausgestattet, welche *noch* suchend durch die Gegend flackern, aber bald, nur zu bald ihre Ziele gefunden haben werden.

Und wir vier auf unseren, müde gewordenen Gleitern, die nicht weiter können, wir befinden uns genau inmitten dieses Chaos, exakt zwischen den beiden feindlichen Armeen.

Für ein paar Momente herrscht eine nahezu gespenstische Stille und dann baut sich plötzlich ein seltsames Rumpeln und Kratzen auf, das sich mit nichts in Einklang bringen lässt, was wir bislang jemals gehört haben. Auf jeden Fall aber klingt es nicht menschlich.

„Da vorne ... da vorne ist es, der ... der Hangar ... er ist gleich da vorne!" Ewan ruft das mit schriller Greisenstimme hinter mir und zeigt mit seiner zittrigen dicken Hand (wie soll er *damit bloß einen Raumgleiter steuern?*) in die Richtung vor uns. Island und der Mann von der Erde springen von ihrem Fluggleiter und lassen ihn fallen und mir wird klar, dass wir zwei nicht mit den beiden losrennen können, sondern dass ich meinen Bruder werde tragen müssen.

Ich wuchte ihn mir stöhnend auf den Rücken und versuche mit beinahe berstendem Kreuz ein paar Schritte. Es geht, aber entsetzlich langsam, während mir mein eigenes Röcheln durch den Kopf dröhnt und der unerbittliche Satz, ob ich das für ihn täte, wenn er nur mein Bruder und nicht zugleich unser Ticket zur Flucht wäre.

Wie eine Maschine, wie ein altertümlicher Roboter greife ich schrittweise aus, als sich unsere Welt abermals grundlegend ändert.

Ein Strom von Abermillionen Viechern bahnt sich seinen Weg und trennt die beiden Armeen wie ein Meer. Und sie kommen direkt auf uns zugerast! Ich versuche an der Schulter meines Bruders vorbei blinzelnd zu erkennen, was da genau geflossen kommt und mache schließlich Schaben aus. Schaben!

Die durch die beschleunigte Evolution auf diesem Planeten und den hohen Sauerstoffgehalt handtellergroß gewordenen Insekten (die wir normalerweise essen, worüber aber niemand spricht) erleben wir bei einer ihrer spektakulären Wanderungen, von denen ebenfalls jeder weiß und nie einer spricht. In ihrem Schlepptau haben sie Hunds-große Ratten, die jagend einzelne Insekten von dem Strom abzutrennen versuchen, während die Masse auf zahllosen, krabbelnden Beinen rasch näher kommt. Sie erzeugen das Kratzen auf dem Untergrund, es klingt entsetzlich. In dem Tempo, in dem sie heraneilen, wird mir klar, dass meine wankenden Schritte damit nicht werden mithalten können.

Und das wird nicht nur mir bewusst, sondern das merken auch Island und Ewan's Freund, die sich widerstrebend umdrehen und zu uns zurück gerannt kommen. Täten sie das auch, wenn ich nicht unser Ticket, das uns hier raus bringen soll, auf meinem Rücken trüge? Warum um alles in der Welt kommen mir solche Gedanken? Die anderen zerren meinen Bruder von mir herunter und greifen sich jeder eines seiner Beine, während ich ihn unter den Achseln über den Boden trage. So können wir immerhin rennen und das tun wir. Wir rennen, so weit und so schnell, wie es unsere Füße hergeben.

Im Bruchteil des Augenblicks, bevor wir von der wimmelnden Masse überrannt werden, öffnet sich eine Luke in dem unebenen Boden, in die wir geradezu hineinstürzen. Mitsamt erster, vereinzelter Schaben, die uns ungewollt begleiten, stolpern wir in das Dunkel unter uns und zerren die Luke hinter uns zu, wobei wir etliche der Tiere dazwischen zerquetschen. Mit Ach und Krach kriegen wir die Falltür im allerletzten Moment endlich zu, das gewaltige Brausen draußen verstummt, als habe jemand den Ton abgestellt.

¤ ¤ ¤ ¤ ¤

Drinnen geht automatisch ein fahles Licht an, in dem wir wie ferngesteuert weiter fliehen wollen. Während ich meinem Bruder keuchend mit den Armen unter die Achseln fahre, ruft der „Hier läuft ein Band, schaut!" und in der Tat rollt am Boden ein Laufband vor uns her, auf das wir uns gegenseitig schieben.

Mit angewidertem Gesicht schubst der Freund meines Bruders zwei Kerbtiere vom Band herunter, die mit krabbelnden Beinen auf dem Rücken am Rand liegen bleiben. Wir schauen ihnen zu, wie sie rasch klein und kleiner werden, weil sie von dem laufenden Band zurückbleiben.

„Die sind ja riesig! Waren die damals schon so groß?", fragt mich Island und stößt mich dabei leicht in die Seite. Ich zucke zusammen und gleichzeitig mit den Achseln, denn ich weiß zwar, dass die sauerstoffreiche Luft Spinnen und Insekten besonders groß werden lässt, doch fällt mir derzeit nichts dazu ein. Ich stehe völlig neben mir.

Dann geleitet uns das Band in eine Halle, wo vor uns riesenhaft der Raumgleiter auftaucht, der im übrigen hypermodern und wie frisch gewienert wirkt. Ewan atmet sichtlich auf, erhebt sich mit neuem Mut und tätschelt unserem Fluchtfahrzeug die Außenhaut. Ein paar Befehle auf seinem Modul und es öffnet sich lautlos eine Tür ins Innere und lässt uns ein.

Ich komme aus dem Staunen nicht heraus, als mein Bruder sich im Cockpit niederlässt. Ganz so, als wäre er gerade eben von dort aufgestanden. Er lässt seine unförmigen Finger so zart über Hebel, Tasten, Bildschirme und sirrende Hologramme gleiten, als würde er auf einem Klavier eine geheime Musik spielen, die sich außer ihm niemandem offenbart. Für uns ist es ein erhebender Anblick. Island sitzt neben ihm und folgt als Copilotin seinen gemurmelten, fast gesungenen Befehlen mit aufmerksamer Akribie. Derart konzentriert, dass ich mich hinter den beiden einsam zu fühlen beginne und deswegen annehmen muss, dass ich allmählich den Verstand verliere.

Alles was ich von dem Geschehen vage mitbekomme, ist, dass wir zwischen zwei feindlichen Invasorinnen-Raumschiffen hindurch fliegen müssen und uns dabei nicht bloß auf den Überraschungsmoment verlassen. Wir zwingen die Raum-Wächter durch häufige und geschickte Ladungswechsel in der Außenhaut unseres Fahrzeugs wie ein großer Spiegel dazu, sich paramagnetisch nicht auf uns, sondern auf den jeweils anderen auszurichten. So dass sie sich im Falle einer automatisierten Abwehr hoffentlich gegenseitig abschießen und nicht uns.

Schon setzt sich der Raumgleiter summend in Bewegung und wir schießen auf eine Wand zu, die sich im allerletzten Moment vor uns auftut und uns in eine Art Nichts entlässt.

¤ ¤ ¤ ¤ ¤

Es klingt sicher merkwürdig, doch bin ich unmittelbar nach unserem spektakulären Start eingeschlafen. Ewan's Freund staunte nicht schlecht, als ich ihm schnarchend in den Schoß gekippt bin. Ich kann es nicht anders beschreiben, als dass mein Körper am Ende war und sich nicht anders als durch ein Koma zu helfen wusste.

So habe ich gar nicht mit bekommen, dass unsere Rechnung aufging und wir mitten durch die positionierten Raumschiffe gerast sind, wo die Münder der Insassen vor Erstaunen wahrscheinlich weit offen standen. Und dass wir vorsorglich zunächst ein anderes Ziel als Aurora wählten und in einigem Abstand einen Bogen flogen, um es Verfolgern so schwer wie möglich zu machen.

Unser Raumschiff war in keiner Datenbank verzeichnet und unser Ziel Aurora wurde dank Island's ablenkender Maßnahme als lebensunwirtlich eingestuft. Wenngleich sich keinesfalls ausschließen ließ, dass Mensch oder Maschine unser Manöver durchschauten, durften wir uns fürs erste sicher fühlen und an eine geglückte Flucht glauben.

Genau darauf kam es uns an. Wir waren alle unendlich froh, die Verhältnisse auf Daddy hinter uns lassen zu können, jeder wohl aus seinen ureigenen Gründen.

In meinem tiefen Schlummer blieb ich Sklave meiner kreisenden Gedanken. Die Augen der massakrierten schwangeren Riesin und ihres ungeborenen Kindes wollten mich nicht loslassen und verfolgten mich in den Träumen, in denen das Kind sogar zur bekleideten Miniaturausgabe seiner Mutter wurde.

Stimmte es, was ich von Island gehört hatte, dass die Kinder der Invasorinnen viel schneller wuchsen als unsere? Nach wie vor konnte ich diese Menschen nicht hassen, sondern empfand absurderweise eine tiefe Zuneigung für sie. Obwohl sie einen wie mich so wenig nötig hatten und mich eine von ihnen sogar vergewaltigt hat und erst anschließend umbringen wollte. Ich schaffte es nicht, sie für ihre Taten zu verabscheuen und bedauerte im Gegenteil, die Frau getötet zu haben. Schlafend bat ich das gesamte Universum um Vergebung.

Den schier unstillbaren Hunger dieser Frauen vermochte ich genauso wenig schlecht zu heißen. Vielleicht würden sie in Zukunft ja dazu lernen. Beispielsweise indem sie das Geheimnis lüfteten, welches Alison Ivy Pabst's autistischen Klon dazu befähigte, sich von Licht zu ernähren.

Auch wenn dies möglicherweise photosynthetisch aktives, grünes Haar und/ oder sogar eine grüne Haut bei jeder der großen Damen bedeuten würde. Da sie niemandem mehr gefallen mussten, könnten sie sich gewiss daran gewöhnen. Also warum denn nicht? Es wäre die nächste Stufe in ihrer viel gepriesenen Evolution.

Nur etwas mehr als zehn Minuten hat unser Flug gedauert, deren Landung ich grandios verpasst habe. Zu verdanken hatten wir unsere Kurz-Reise der neuesten Generation Super-paramagnetischer Kräfte, bei denen Reihenschaltungen von Teilchenlösungen von Algorithmen aberwitzig schnell gesteuert werden können. Ermöglicht wird es, weil diese sogar die Krümmung des Galaxien-Randes in ihre Berechnungen einbeziehen, schneller geht es vielleicht wirklich nicht.

So lebe denn wohl, Planet Daddy. Uns empfängt nun ein grüner Komet.

Epilog

Geschätzte zwölf Minuten also. So lang oder so kurz wäre eine Reise der *reinen und liebenden Mütter* zum

164

Kometen Aurora. Immer vorausgesetzt, dass sie beabsichtigten, die Letzten der Liebe bis in ihre Zuflucht zu verfolgen. Um ihnen dort weiterhin das Aussterben schmackhaft zu machen.

Oder sie finden sie gar nicht oder sie verzichten darauf, sie zu vernichten. Für die mächtigen und ehrgeizigen Damen ist auf einem Kometen wenig zu holen. So gesehen stehen die Chancen für eine - zumindest versteckte - Koexistenz nicht schlecht.

Könnte also die Liebe, wie wir sie kennen, erhalten bleiben, getrieben und erfüllt von unbekannter Sehnsucht, mit früh erwachtem Blick auf den sich allmählich rötenden Osten? Dorthin, wo Aurora, die Göttin des Morgens ihre purpurnen Tore und Hallen voll Rosen öffnet?

Jim Shepard's Augen verraten nichts. Da er fest schläft, können wir keine Tränen darin sehen. Doch vielleicht brauchen wir das nicht, vielleicht erahnen wir sie.

Erscheint eine Fortsetzung wahrscheinlich? Wer glaubt, Menschen würden ihre Geschichte schreiben und dies wäre am ehesten deren Ende, dem sei gesagt, es ist genau so gut ihr Anfang.

Denn wer von uns weiß, wer er oder sie ist oder einmal sein wird und was die Zukunft tatsächlich bringt?

Mit Zuversicht erfüllt uns, dass die Menschen auf Aurora weiter leben und sich mehren können in ihrer wundersamen Schleife aus Liebe und Leid.

Ja, es kann einen schwer erwischen. Auch hier auf der Erde. In der Heimat von Publius Ovidius Naso. Besser bekannt als Ovid.

¤ ¤ ¤ ¤ ¤